KB142146

책에 바침

미친 사랑의 한 사례

———

이현우 로쟈, 서평가

《책에 바침》이란 책이 나오면 두 가지 일거리가 생긴다. 하나는 읽는 것. 나는 이미 읽었으니 다시 읽거나 그냥 쓰다듬는 것으로 대신할 수도 있겠다. 문제는 그다음이다. 내다 파는 것과 버리는 것, 혹은 다른 누군가에게 주는 것 등의 선택지를 제외하면(물론 이조차도 궁극적인 제외는 아니다. 모든 책은 궁극적으로 소멸할 운명에 처하니까) 나의 선택지는 제한적이다. 어딘가에 놓아두거나 꽂아두어야 한다는 것. 이것이 책 수집가, 더 나아가면 장서가의 문제이다.

우리는 언제 장서가가 되는가. 책을 보관하는 것에 비하면 사는 건 일도 아니라는 걸 느낄 때 예비 장서가가 되고, 그걸 실감할 때 진짜 장서가가 된다. 양질전화量質轉化(양적 변화가 일정 단계에 이르면 질적인 비약을 불러일으켜 새로운 질적 상태로 이행하는 것)의 법칙은 책 수집에도 적용된다.

30년 전쯤 군대를 마치고 복학을 위해 상경하여 하숙

집에 방을 얻었을 때 내게는 책상 위의 3단 책장 한 개와 그 옆에 놓인 5단 책장 두 개가 전부였고, 가방과 배낭에 챙겨온 책으로는 두 단도 다 채울 수 없었다. 그 빈 공간을 매일 한두 권씩 사다가 채우면서 가난한 신혼부부가 살림살이를 마련하며 느꼈을 법한 즐거움을 누렸다. 분명 얼마 안 되는 장서였지만 남부럽지 않았다. 대신 모든 책들과 친했고, 단지 읽는 차원을 넘어서 사귀는 것도 가능했다. 그러나 그런 시절은 잠시였고, 언젠가부터 나는 책을 이고 사느냐는 소리를 듣게 되었다.

30년이 지난 지금, 해마다 2,000권씩 늘어나는 장서를 감당하지 못해서 해마다 책장을 더 사들이고 서고를 마련해 연례행사처럼 '책 이사'를 해야 한다. 눈치로 알 수 있는데, 더 이상 아무도 나를 부러워하지 않는다. 장서가로 신분이 바뀌게 되면 이제는 책이 상전이 되기 때문이다. 분명 책은 내가 수집하지만 어떤 때는 책이 자기 보존을 위해서 나를 고용한 건 아닐까라는 생각이 들기도 한다.

아뿔싸, 책에 바쳐진 제물이 되는 것인가!《책에 바침》을 덮으며 복잡한 심경이 드는 것은 어쩔 수 없다. 이 또한 미친 사랑의 한 사례가 되리라.B

《책에 바침》이라는 책에 바침

김겨울 겨울서점, 북튜버

이 글은 부적절한 추천사가 될 것인가? 부적절한 책을 읽도록 유도하는 '부정확한' 추천사가 될 것인가? 하지만 부적절한 책이라면 추천사를 애초에 쓰지도 않았을 것이다. '부적절한 책'이라는 개념은 애초에 무엇을 뜻하는지조차 확실하지 않다. 누군가에게 부적절한 책이 다른 누군가에게는 가장 정확한 자리에 꽂혀 있는 책이 될지도 모르니까. 혹은, 나에게 가장 아름다운 책이 다른 누군가에게 읽을 가치가 없는 책일지도 모르니까.

책이란 그런 것이다. 아니, 책이란 그러한 상대성을 뛰어넘는 무엇이다. 방대하고, 깊고, 풍요로우며, 지저분하고, 거추장스럽고, 아름답고, 찬란하고, 곤란한 무엇이다. 우리에게는—부르크하르트 슈피넨에 따르면—새 책, 헌책, 큰 책과 작은 책, 빌린 책, 두고 간 책, 사인 받은 책, 버린 책, 심지어 불에 타버린 책이 있다. 책을 정의 내리기 위해서는 한 권의 책을 필요로 한다. 그래서 그토록 많은 애서가들은 책의 근사함을 보여주겠다는 소박한 열망으로 출발해 기어코 책 한 권 분량의 글을 쓴다. 책의 속성은 그 자신이 책이 되지 않고서는 견디지 못하겠다는 듯 애서가들의 귀에 속삭인다. 나를 써보지 않겠어?

책은 책을 잉태하고, 곳곳에 자신의 자손을 꽂아둠으로써 수명을 연장한다. 전자책이 종이책을 대신할지도 모른다는 불안에 맞서 종이책은 그 스스로의 몸을 당당하게 뉘인다. 누구도 자신을 밟고 지나갈 수 없다는 듯이. 혹은 밟고 지나가더라도 자신을 없애버릴 수는 없다는 듯이. 이 책은 종이책이 슈피넨을 빌려 자신을 지키기 위해 만든 또 하나의 제방이다.

부적절한 책이란 없고, 책이 자신을 잉태하는 게 사실이라면, 우리는 조금 안전한 전망을 해봐도 좋겠다. 슈피넨이 이 책에서 늘어놓는 목록은 잃어버리기에는 너무 달콤한 것들의 목록이므로. 이 달콤함을 느끼는 사람들이 여전히 책을 만들고 책을 읽는다. 초콜릿이 사라질 수 없듯 종이책도 사라질 수 없을 것이라고 믿는다면 이 책에서 그 근거를 찾을 수 있을 것이다. 또한 기마병이 사라졌듯 종이책 역시 사라질 것이라 믿는다면 그 역시 이 책에서 근거를 찾을 수 있을 것이다. 이 미련한 추천사마저 그 예측의 불쏘시개가 되더라도, "이제는 덧붙일 수도 없고 삭제할 수도 없다(25쪽)."

DAS BUCH. Eine Hommage

by Burkhard Spinnen, with illustrations by Line Hoven
ⓒ Schöffling & Co. Verlagsbuchhandlung GmbH, Frankfurt am Main 2016
All rights reserved.

Korean Translation Copyright ⓒ 2020 by Sam & Parkers
Korean edition is published by arrangement with Schöffling & Co.
Verlagsbuchhandlung GmbH through Imprima Korea Agency

책에 바침

결코 소멸되지 않을
자명한 사물에 바치는 헌사

부르크하르트 슈피넨 지음 | 리네 호벤 그림 | 김인순 옮김

전문성에 대하여 ···········115

모여 있는 책들 ···········137

맺음말 ···········179

일러두기

- 이 책은 독일어판 *Das Buch: Eine Hommage*(2016)를 완역한 것이며, 영어판 *The Book: An Homage*(2018)를 참조했다.

- 모든 각주는 옮긴이 주이다. 간략한 설명은 해당 내용 옆에 괄호로 방주 처리하고 '옮긴이'라 표시했다.

- 저자가 결론에서 "독자 여러분이 이 글의 모자란 부분을 페이지 여백에 연필로 보충해준다면 기쁠 것"이라고 쓴 바와 같이 이 책 맨 앞에 실린 이현우의 추천사는 본문 144쪽 '개인 도서관'에 영감을 받아 쓰인 것이며, 김겨울의 추천사는 본문 62쪽 '부적절한 책'에 영감을 받아 쓰인 것이다.

서문

말과 책

19세기 말에 지구상의 대도시들은 온갖 종류의 마차로 가득 차 있었다. 오늘날 도시 곳곳이 차량으로 가득 차 있듯이. 당시 대로변에 사는 사람들은 형편이 되면 마차가 다니는 길에 짚을 깔았다. 그렇게 해서라도 쇠바퀴와 말발굽이 둥근 포석에 부딪치며 내는 소음을 줄이고자 했다. 1880년의 맨해튼에는 대략 8만 마리의 말이 있었다. 런던에는 약 30만 마리의 말이 있었고, 베를린에서는 3만 마리의 말이 버스와 마차를 끌었다. 베를린 우체국은 약 1,600마리의 말을 보유하고 있었다.

시내 곳곳에 말이 있었다. 저녁이면 한적한 교외로 돌아가는 말들도 있었지만, 많은 말들이 시내에서 밤을 보냈다. 말은 주인이나 용도에 따라 독립된 전용 마구간에서 지내기도 하고 커다란 임대 주택에 딸린 마구간에서 지내기도 했다. 베를린의 우유 소매 업체 볼레Bolle를 비롯해 여러

운수 회사나 우체국은 시내 중심가에 여러 층으로 이루어진 마구간을 소유했다. 말들은 디딤판이 넓고 평평한 층계를 지나 위층으로 인도되었다.

시민들을 위한 식료품과 함께 엄청난 양의 말먹이가 매일 시내로 반입되었다. 1900년경에 런던의 말들은 매일 귀리 1,200톤과 건초 2,000톤을 먹어 치웠다. 여기저기 쌓이는 말똥을 치우기 위해 전반적인 재활용 체계가 구축되었다. 말 한 마리당 하루에 약 15킬로그램을 배설했다. 말똥을 수거해 거름으로 사용하거나 말려서 땔감으로 활용했다. 그런데도 도시들이 머지않아 말똥으로 뒤덮일 것이라고 우려하는 목소리들이 이미 1880년에 대두되었다. 게다가 대도시에서는 하루에 수십 마리씩 말들이 죽어 나갔다. 그러면 살아 있는 말들이 죽은 말들을 도살장으로 실어 날랐고, 도살된 말들은 특수 정육점에서 식품으로 가공되었다. 그렇게 말들은 도시에서 번성기를 누렸다.

그에 비해 자동차는 1900년경, 아니 1차 세계 대전까지만 해도 도시의 거리에서 보기 드문 예외적인 사물이었다. 시골에서는 엔진으로 가동되는 차량이 거의 전무했다. 그 무렵 누군가가 머지않은 장래에 자동차와 트랙터가 말을 깡그리 몰아낼 것이라고 예언했더라면, 분명 많은 반대에 부딪치고 심한 조롱을 피할 수 없었을 것이다. 엔진을 사용하면 이런저런 이점을 누릴 수는 있겠지만, 그렇다고 해서 인간이 언젠가 말을 포기할 거라고 믿는다면 멍텅구리라는 비난을 듣고도 남았을 것이다. 지금 눈을 감고서 1900년을 향해 귀를 기울이면, 자동차에 반대하는 주장들이 들려온다. "자동차는 너무 비싸고 너무 위험하고 너무 복잡해." "엄청나게 시끄럽고 냄새는 또 얼마나 고약한데." "게다가 자동차는 말하고 달라서 신비로운 느낌이나 분위기가 전혀 느껴지지 않는 고철 덩어리일 뿐이야." 아마 이 마지막 주장이 가장 강력한 반론의 근거였을 것이다.

자동차에 대한 이런 반박은 충분히 이해가 간다. 말하자면 문화적인 경험의 심층에서 유래하는 아주 자연스러운 반박이었다. 1900년 무렵의 사람들은 말이 존재하지 않는 삶을 도통 상상할 수 없었다. 수백 년, 아니 수천 년 전부터 지구상의 인간은 가장 중요한 반려동물로서 말과 함께 성장해왔다. 오로지 말을 이용해 사람과 화물을 먼 지역까지 운송할 수 있었다. 말은 힘든 노동을 도와주는 가장 요긴한 수단이었다. 만일 말이 없었다면 성당도 성도 다리도 건

설할 수 없었을 것이다. 또 말이 없었더라면 농사가 인간을 먹여 살리기도 어려웠을 것이다.

그래서 유사 이래 말을 소유한다는 것은 곧 부와 권력, 지위를 증명하는 첫 번째 증거였다. 왕들은 자신의 모습을 말의 형상으로 그리게 했으며, 오늘날까지도 말은 여러 왕국과 귀족 가문의 문장을 장식한다. 심지어 독일 연방주 니더작센이나 노르트라인베스트팔렌 같은 민주주의 국가 조직의 문장에도 말이 그려져 있다. 말을 소유한 사람은 더욱 강력한 사람이었을 뿐만 아니라 더 훌륭한 사람, 더 고귀한 사람이었다. 독일어로 '기사'를 뜻하는 '리터Ritter'는 말을 탄 사람이었고, 프랑스어 '슈발리에Chevalier'도 마찬가지였다.

전쟁과 관련해서 예로부터 말은 강력함과 우월함을 보장하는 최고의 수단이었다. 1860년대 미국 남북 전쟁에서도 결정적인 무기는 대포가 아니라 잘 조직된 기병 공격이었다. 보병 사격이 적진으로 돌진하는 기마 부대보다 훨씬 위력적이라는 사실이 이미 입증된 1차 세계 대전 당시에도 군사령부는 말이 무기로서 우월하다는 옛 원칙을 고수했다. 이런 신념은 "가능한 한 모든 힘을 투입하려는 자는 기병을 부른다"*는 말에서 보듯 오늘날까지도 메타포 속에 살아 있다.

그러나 오늘날 우리는 1900년경의 사람들이 말에게 품었던 신뢰와 믿음에 대해 비죽이 웃게 된다. 그 신뢰와 믿음이 옳은 게 아니었기 때문이다. 19세기는 사실상 말들에게 최후의 세기였다. 울리히 라울프는《말들의 최후의 세기》라는 책**에서 그 시대를 매우 감동적으로 장엄하게 묘사했다. 그 시대를 향한 그리움이 독자들의 마음속에서 절로 깨어날 정도였다. 그러나 1900년 이후에 말은 순식간에 사라졌다. 말과 함께한 기나긴 역사에 비추어보면 그것은 정말로 순식간의 일이었다. 말들은 군대와 도시와 나라를 떠났다. 그와 동시에 그때까지 말이 하던 모든 일을 자동차와 트럭, 트랙터, 탱크가 떠맡았다. 1938년에 이미 독일에서는 300만 대가 넘는 차량이 등록되었다. 지금은 6,000만

---

* '기병을 부른다Kavallerie rufen'는 '위기 상황에서 도와줄 수 있는 사람을 부른다'는 뜻을 가진 관용적 표현이다.

** 독일의 저널리스트이자 문화학자인 울리히 라울프Ulrich Raulff의 이 책은 영어권에서는《말들이여 안녕Farewell to the Horse》이라는 제목으로 출간되었다. 한국어판의 제목은《말의 마지막 노래》이다.

대가 넘는다. 1950년대에는 소련의 붉은 군대에서 역사 속의 화석처럼 보존되었던 최후의 기마 부대가 해체되었다. 오늘날 빈Wein을 방문하면, 박물관의 기이한 전시품처럼 정해진 위치에서 손님을 기다리는 마차 몇 대를 볼 수 있다. 어쩌다 마차가 또각또각 말발굽 소리를 내며 집 앞을 지나가면, 사람들은 창가로 달려가 믿기지 않는다는 듯 고개를 절레절레 흔든다.

말이 수천 년 동안 인간을 섬기기 위해 했던 일을 지금도 하는 것을 보면 '참으로 매혹적'이라는 생각이 절로 고개를 든다. 그에 이어 곧바로 이런 생각이 떠오른다. 도대체 어떻게 그게 가능했지? 어떻게 우리 사회가 이렇듯 예민하고 겁 많은 생명체의 비교적 근소한 힘에 의지해 작동하고 유지될 수 있었지?

말, 이 멋지고 끈기 있는 존재가 없었더라면 우리는 문명을 일굴 수 없었을 것이다. 오늘날 서구 사회에서 말은 살아 있는 취미 수단, 스포츠 수단으로서 최후의 안식처를 발견했다. 말은 보호받고 좋은 대접을 받으며 심지어는 종종 사랑받기까지 한다. 남자들의 세계라고 여겨졌던 말들의 세계에서 대부분 소외되었던 어린 소녀들과 젊은 여성들이 특히 말을 사랑한다. 마치 인류가 말이라는 동물 종種 수백만 마리에게 가한 고통과 수고를 몇 마리 표본에게 보상하려는 것처럼 보이기도 한다. 우리는 말을 마차에 붙들어 매고 착취하고 혹사하고 채찍질했다. 그것도 모자라 말을 수많은 기마전에 몰아넣었으며 굶주리게 하고 난도질했다. 하지만 어떠했든지 간에 이제 독일을 포함한 대부분의 나라에서 말은 지난 역사에 속한다.

기계로 움직이는 자동차가 일상생활에서든 전쟁에서든 말을 '압도하는' 능력을 증명한 지 100여 년이 지난 지금, 현대의 또 다른 발명품이 인간의 오랜 동반자를 대신하고 대체할 수 있을지 화두에 오르고 있다. 바로 전자책이다. 텍스트가 종이에서 분리될 것인가? 독서가 모니터나 태블릿, 스마트폰처럼 생긴 디지털 장치를 다루는 행위가 될 것인가?

이런 미래에 대한 논쟁에서 나는 확신에 차서 "천만에!"라고 말하는 소리를 자주 듣는다. 사람들은 말한다. "전자책에 이런저런 장점이 있는 건 확실해. 아무리 그래도 전자책이 결코 인쇄된 책을 몰아낼 수는 없어. 책은 우리의 문화와 문명의 결정적 표현이라고. 어쩌면 본연의 표현일 수도 있어. 책에는 오랜 전통과 신비스런 분위기가 있어. 그 자체로 위엄과 품위의 화신이라고. 우리는 절대 책을 포기하지 않을 거야. 어떻게 책을 포기할 수 있겠어?"

나도 이렇게 주장하고 싶은 마음이 간절하다. 하지만 그럴 때마다 우리가 얼마나 쉽게, 얼마나 빨리 말을 포기했는지 돌아보지 않을 수 없다. 19세기와 20세기에 우리의 삶은 끊임없이 기계화되고 통신화되었다. 그것은 멈출 수 없는 과정이었다. 오늘날 우리의 삶은 끊임없이 디지털화되고 컴퓨터화되고 있으며, 이 과정에서 비교적 뒤늦게 탄생한 산물이 전자책이다. 일상적인 정보를 전달하는 많은 분야에서 인쇄된 종이를 거치지 않고 개인 컴퓨터나 스마트폰, 태블릿 등과 같은 휴대 기기로 텍스트를 읽는 것은 이미 보편화되어 있다. 작성하는 즉시 수신인이 화면으로 읽을 수 있는 메일이 있는데 누가 아직도 편지를 쓰겠는가? 영업상의 의사소통, 학문 자료의 교환…. 만일 디지털 전송 수단이 없다면 이 모든 것은 어떻게 될 것인가?

예상대로 문학 분야가 오늘날의 궁극적 디지털화에 가장 강력하게 저항하고 있다. 문학 분야에 텍스트 세계 최후의 기사들이 살고 있다 해도 과언이 아닌 듯하다. 그러나 구텐베르크 시대가 종말을 고하게 될 중대한 이유들은 있다. 탱크는 제외하고라도 어쨌든 자동차와 트랙터가 말을 몰아낸 것은 우연이 아니었다. 성능과 내구력, 일종의 편리함이 말을 몰아낸 원동력이었다. 전자책의 경우에도 유리한 논거들이 있다.

그러나 나는 디지털 독서의 장점 또는 종이를 사용하지 않는 출판의 생태적 이점에 대한 설명은 다른 이들에게 맡기려 한다. 그러기에 나는 종이책에 대한 애착이 너무 큰 사람이다. 글을 깨친 뒤로 내게 세상을 열어준 것은 파일이 아니라 책이었다. 책은 내 동반자이자 내 동거인이었고 조력자이면서 친구였다. 지금 이 순간까지도 그 사실엔 변함이 없다. 나는 몇 권의 책을 집필함으로써 내 인생의 가장 대담한 꿈을 이루었고 지금도 이루고 있는 중이다.

그래서 책이 언젠가 내 곁을 떠나게 되면, 내가 잃어버리게 될 것들을 이 책에서 한번 열거해보려 한다. 물론 모든 것을 완벽하게 열거할 수는 없을 것이다. 또한 지금까지 알려지지 않은, '책을 옹호하는' 새로운 논거를 발굴해낼 생각도 없다. 그보다는 기이하게도 우리 모두가 아주 당연시 여기는 책을 둘러싼 문화 현상 전반에 주목하려 한다. 너무나

도 친숙한 나머지 책이 없어진 후에야 비로소 깨닫게 될 그
모든 것에.

책이란 무엇인가

책을 손에 들고 있으면, 그 한 권의 책이 생겨나기까지 무슨 일을 하고 무슨 논의를 하고 무엇을 조언하고 결정해야 했는지 아주 생생하게 느낄 수 있다.

누군가가 텍스트를 집필한다. 어쩌면 여러 개의 텍스트를 써서 하나로 합치거나 혹은 고민 끝에 부분적으로 통합할 수도 있다. 참고 조사나 여행을 하는 과정에서 아마 도움을 주는 사람이 있을 것이다. 편집부와 에이전시에서 원고를 검토하고 출판을 제안하면, 출판사 경영진이 제안을 받아들인다. 이어서 예산이 책정되고 출판 비용이 투입된다. 원고를 편집하고 여러 차례 교정 작업을 거친다. 인쇄소는 제지 공장에서 종이를 공급받아 원고를 인쇄한다. 표지를 위한 천은 방직 공장에서 생산되고, 접착제와 실은 다른 곳에서 제공된다. 그래픽 디자이너가 표지를 디자인하고, 출판사 영업 사원이 책을 서점에 소개하고, 홍보팀은 책을 가능한 한 널리 알리려 시도한다. 운전기사가 책을 서점으로 운반하면, 서점 주인은 책을 등록하고 서점에 진열해서 판매한다. 분명 나는 이 과정에 참여한 몇몇 사람을 빠트렸을 것이다.

독자들은 모든 텍스트가 반드시 책으로 출판되는 것은 아니라는 사실을 잘 알고 있다. 심지어 문학 분야에서는 극히 일부만이 책으로 출간된다. 청탁한 일이 없는데도 출판사로 보내져서 읽히지 않은 채로 편집자의 책상 위에 수북이 쌓여 있는 원고들에 대한 전설 같은 이야기. 그런 이야기들은 인쇄되지 않은 텍스트를 집필한 사람들을 우울하게 만든다. 그러니 책으로 출간되었다는 것 자체가 텍스트에 대한 표창이다. 책으로 존재한다는 사실만으로도 많은 어려움을 극복했음을 입증하는 것이기 때문이다.

그러므로 책은 자신을 존중해주길 요구한다. 이 순간 지구상 어디선가 자신의 첫 저서를 부모에게 자랑스럽게 보여주는 사람이 있을 것이다. 부모가 자식의 세계나 책의 세계를 낯설어 하는 탓에 책을 읽지 않으면 어떡하나 싶은 마음이 들 수도 있다. 그러나 많은 부모들은 책을 존중하는 마음으로 받아 들어 거실 책장에 꽂아둘 것이다. 눈에 잘

띄는 곳, 언제든 손이 닿을 수 있는 곳에. 자신의 아들이나 딸이 대단한 일을 이루었다는 사실을 다른 사람들에게, 무엇보다도 그들 자신에게 입증하기 위한 증거로서. 집을 짓거나 아이를 낳아 기르거나 나무를 심거나 책을 쓰는 것, 이런 것들은 인생을 올바르게 살아가고 있음을 증명하는 행위들이다.

텍스트의 세계에서 책은 집이다. 집은 거주자에게 피난처를 제공하고 보호해준다. 확고한 위치를 정해주고 그들을 찾아내게 해주고 다시 알아보게 해준다. 인쇄된 텍스트는 굳건한 집 안에 자리 잡고서 동정하는 마음으로, 아니 어쩌면 조금 거만한 태도로 인쇄되지 못한 바깥의 형제자매들을 바라본다. 자필 원고나 타자로 친 원고 또는 파일의 형태로 의지할 곳 없이 이리저리 표류하며 흔적 없이 사라지지 않을까 노심초사하는 형제자매들을.

결국 책은 청동 동상처럼 완결되고 완성된 작품의 본보기이다. 편집과 인쇄, 제본이 저술 작업을 마무리 짓는다. 이제는 덧붙일 수도 없고 삭제할 수도 없다. '개정판'이 출판되려면 충분한 이유가 있어야 한다. 어쨌든 넘어야 할 장애물이 너무 높다. 이제 완성된 작품으로서 수백만 권의 책

은, 세상의 모든 중요하고 본질적인 것들이 확고한 형태,
즉 처음과 중간과 끝을 가진다는 확신을 더욱 고양시킨다.
  가령 인간의 삶이 그렇듯이.

몸체에 대하여

새 책

100년 된 텍스트를 다시 인쇄한다고 해서 새로워지지는 않는다. 텍스트는 어떤 형태로 인쇄되었든 상관없이 낡기 마련이다. 오로지 위대한 예술만이 시간을 이겨낸다. 그런데도 100년 된 텍스트를 지금 출간하면 새 책인 것에는 의심의 여지가 없다. 그런데 정확히 어느 시점에 새 책일까? 인쇄기와 제본기에서 막 나온 시점일까? 아니면 아직 아무도 읽지 않은 동안에만 새 책일까? 나로서는 확신이 서지 않는다.

게다가 그것이 서점에 진열되어 있는 책이라면 '아직 아무도 읽지 않았다'는 의미에서 새 책인지도 확실히 말할 수 없다. 어쩌면 서점의 수습사원이 책에 얼룩이 남지 않지 않도록, 그러니까 책등에 꺾인 자국 같은 흔적이 남지 않도록 조심스럽게 페이지를 넘기며 이미 남몰래 읽었을 수도 있다. 그에 비해 양장본의 경우에는 이미 누군가가 책을 읽었

몸체에 대하여

29

는지 비교적 쉽게 알 수 있다. 대부분의 양장본은 해가 갈수록 더 단단해지는 얇은 비닐 커버에 싸여 있기 때문이다. 공구를 사용하지 않고는 비닐 커버를 개봉하기 어렵다.[*]

새 책은 마치 밀폐된 포장 용기 속의 식료품처럼 비닐 커버에 싸여 있다. 왠지 싱싱하지도 않고 향기도 나지 않지만 잘 보존된 식료품 같다. 비닐 커버에 싸인 책을 선물받은 사람은 즉시 커버를 벗긴다. 직접 책을 구매한 사람도 책을 얇은 비닐에 싸둔 채로 책장에 꽂지는 않을 것이다. (당신은 혹시 책을 비닐에 싼 채로 책장에 꽂는 사람을 보았는가?) 어쨌거나 다른 많은 책들처럼 책장에서 곧바로 고난이 시작된다 할지라도 책은 일단 신선한 공기를 들이마셔야 한다.

아울러 새 책은 하나의 약속이기도 하다. 새 책은 소유주에게 특권을 누린다는 감정을 선사한다. 텍스트가 아주 오래되어 여러 차례 인쇄되었을 수도 있다. 그렇다 하더라도 새 책은 아직 손길이 닿지 않은 상태의 텍스트를 제공한다.

[*] 책을 비닐로 포장하는 관행은 날씨 또는 사람의 손으로부터 책이 손상되는 것을 방지하고, 책에서 책으로 곰팡이나 해충이 옮겨가는 것을 막기 위해서 시작되었다. 그러나 최근에는 모든 양장본을 비닐 포장하지는 않으며, 필요에 따라 선택적으로 일부 책들만이 비닐 포장되어 판매된다.

그래서 그 텍스트가 읽힌 지난 역사가 말소되고 새로운 역사가 시작된다는 믿음을 일깨울 수 있다. 마치 괴테, 폰타네, 그라스(요한 볼프강 폰 괴테, 테어도어 폰타네, 귄터 그라스. 세 명 모두 독일의 대문호로 평가받는 작가이다.−옮긴이)가 펜을 내려놓거나 타자기 옆을 떠난 직후 곧바로 그들의 책을 펼치는 듯한 기분이 들 수 있다.

이것은 물론 술수이다. 그러나 이런 술수들이 없었더라면 우리의 삶은 더 빈곤했을 것이다. 적어도 처음으로 읽힐 때, 새 책들은 또 다른 술수를 부리기도 한다. 예를 들어 우리는 이따금 자신도 모르게 누군가가 읽다 만 부분을 펼친다. 마치 맨 처음으로 책을 읽은 사람이 언제든 다시 이어서 읽을 수 있는 흔적을 책 속에 남긴 것만 같다. 또는 책이 처음으로 읽힌 흔적을 간직하는 것 같기도 하다.

새 책에서는 새것의 냄새가 난다. 그 냄새가 정확히 무엇을 뜻하는지는 제각기 다르다. 아주 오래전 호시절에는 자연처럼 풋풋한 냄새가 났고, 험난한 시절에는 책을 만든 값싼 재료 냄새가 고약하게 코를 찔렀다. 오늘날에는 대체로 아무 냄새도 나지 않는다. 그리고 각 시대에 좋다고 정의되는 냄새에 책이 적응하는 것은 우연이 아니다. 게다가 냄새도 술수이다. 새 책을 처음, 그야말로 완전히 처음 읽는 것은 일종의 비밀 단체에 가입하는 것이라고 우리를 설득하려는 술수이다.

책이 너무 새것이면, 책 주인이 책을 읽는 걸 망설이거나 혹은 아예 거부감을 느끼는 곤란한 사태가 발생할 수 있다. 어쩌면 아직 손길이 닿지 않은 새것을 영영 망가뜨리는 건 아닐까 두려워할 수도 있다. 새 책은 자신이 다른 것들과는 달리 즐겁거나 흥미진진하거나 유익하거나 감동적이거나 신비스럽다고 약속하지만, 책 주인은 전혀 그렇지 않을 수도 있다고 생각한다. '어쩌면 책을 읽지 않은 채로 그냥 두는 편이 나을지도 몰라. 그러면 기대에 못 미친다고 실망하는 일도 없고 약속을 깨뜨리는 일도 없을 테니까.'

100년 전만 해도 페이지가 접지된 채로 책을 판매했다. 말하자면 책을 읽기 위해서는 책을 조금 훼손해야 했다. 붙어 있는 페이지를 잘라낼 때 사용하는 납작하고 날카로운 칼이 있었다. 30년 전에 나는 알프레드 폴가르*가 초창기

---

* 　알프레드 폴가르Alfred Polgar(1873~1955). 오스트리아의 저널리스트이자 극작가, 연출가. 아르투어 슈니츨러, 페터 알텐베르크, 에곤 프리델과 함께 19세기 오스트리아의 '카페하우스 문학'을 대표한다.

에 집필한 작품을 한 권 구입했다. 《운동이 모든 것이다》라는 표제의 초판본이었다. 1909년에 출간되었는데, 접지 부분이 그때까지 잘리지 않은 채로 있었다. 단연코 그 누구도 읽은 적이 없는 오래된 책! 나는 접지 부분을 자르기에 적절한 칼을 몇 번이나 손에 들었는지 모른다. 그러나 번번이 칼을 내려놓았다. 책이 자신을 읽어줄 첫 독자로서 정말로 나를 기다렸다는 확신이 서지 않은 탓이었을까? 혹은 그 책을 읽는 첫 순간을 좀 더 뒤로 미루고 싶었을까? 알 수 없는 일이다. 결국 나는 그 책을 다른 곳에서 빌려 복사해서 읽었다. 그 책은 지금처럼 접지된 채로 당분간 더 있을 것이다.

헌책

헌책은 누군가 이미 읽었을 확률이 99퍼센트 이상이다. 심지어는 여러 번 읽었을 가능성도 있다. 그 책의 역사 또는 최소한 그 책의 역사라고 알려진 사실들을 깊이 들여다보려 하지 않는 이상 헌책이 지나온 길을 결코 알아내지 못할 것이라는 생각을 떨쳐낼 수가 없다.

더욱이 헌책들에는 지난 과거의 흔적들이 가득 차 있다. 여러 이름들이 여러 시대의 다양한 필체로 쓰여 있다. 주인이 바뀌면 때로는 옛 주인의 이름을 지웠을 것이다. 누군가가 붙인 장서표(책의 소유자 이름을 적어 장식 겸 책에 붙여 놓는 표.-옮긴이)를 다른 누군가가 떼려고 했다가 포기한 흔적도 있다. 물론 그 밖에도 이미 사용한 온갖 흔적이 책에 남아 있다. 세심한 사람 여러 명이 남긴 것인지 아니면 부주의한 한 명이 남긴 것인지 알 길은 없다.

헌책은 무엇보다도 한두 명 이상의 주인을 거친 사실을

친히 내게 알려준다. 그것도 온 힘을 다해 알려준다. 가령 눈에 보이지 않는 기다란 띠지가 헌책을 두르고 있고, 띠지에는 "이것은 단순한 소비재가 아닙니다"라는 문구가 쓰여 있을지도 모른다. 모든 헌책은 오로지 누군가가 책을 읽은 후 버리지 않은 덕분에 존재하기 때문이다. 즉 주인이 죽은 후에도 버리지 않고 다른 독자에게 넘겼거나 헌책을 유산으로 물려주었거나 또는 이웃에게 선물했기 때문이다. 헌책은 고서점이나 유산 관리인이나 벼룩시장으로 흘러들어 갔다. 어쩌면 다른 책들과 함께 도서관이나 재단에 기부되었거나 또는 외화를 조달할 목적으로 부유한 이웃 국가에 매각되었다.

물론 때로는 책을 난로의 불쏘시개로 사용하거나 쓰레기통에 버리기도 한다. 그런 일은 어쩌면 내가 생각하는 것보다 훨씬 더 빈번히 일어나고 있을지도 모른다. 그럼에도 사람들은 책이란 사람처럼 또는 말처럼 나이 들수록 좋아지는 것이라고들 말한다. 우리는 이미 수십 년 전부터 폐지를 재활용해오고 있다는 사실을 알고 있다. 매일 발행되는 신문들은 몽땅 버려져서 재활용된다. 그러나 책의 재활용은 생태적인 삶의 계율에 속하지 않는다. 책을 위한 쓰레기통은 없다.

어떤 사람들은 새 책보다 헌책을 근본적으로 더 선호한다. 아마 오래 묵은 책일수록 텍스트의 품위를 더 잘 전달한다고 여기기 때문일지도 모른다. 어쩌면 흔한 것보다 희귀한 것을, 소비재보다 발굴한 것을 선호하기 때문일 수도 있다. 혹은 비밀을 간직하고 있는 것들에 둘러싸이는 걸 좋아하는 사람들일지도 모른다. 그런 사람들은 헌책들을 위한 공간이 우리 사회에 남아 있도록 배려한다. 물론 그들이 멸종되어가는 부류인지 아닌지는 말하기 어렵겠지만.

큰 책과 작은 책

책이란 물건이 발명된 지 얼마 되지 않던 시절, 책은 종종 손에 들고 읽기도 어려울 정도로 크고 무거웠다. 너무 무거운 나머지 반드시 책을 책상이나 설교단 위에 올려놓은 채로 읽어야 했다. 그래서 오늘날에도 누군가가 무척 열심히 공부하거나 연구하는 모습을 표현하려는 경우에는 "책 뒤에 앉아 있다"라는 관용적 표현*을 사용한다.

초창기의 책이 들고 다닐 수 있는 것이 아니라 크고 무거웠다는 것으로 미루어 보아, 책의 내용도 누구나 소유할 수 있는 자산이 아니라 부와 권력을 지닌 소수의 전유물이었을 것이라고 추정된다. 그리고 이러한 추정은 사실이었다. 인쇄술의 발달과 이동 가능한 활자에 힘입어 점차 크기

---

* 큰 책 때문에 맞은편에 있는 사람이 책 읽는 사람의 모습을 볼 수 없었던 데서 유래한 말. "책에 파묻혀 있다"는 표현과도 유사하다.

가 줄어들게 되었을 때야 비로소 책은 자신의 가치를 인정받고 사명을 수행하게 되었다. 결국 책은 누구나 가지고 다니면서 어디서나 읽을 수 있을 정도로 작아졌다. 온갖 다양한 텍스트가 아주 쉽게 널리 유포되었고, 이는 근대 학문과 계몽주의 탄생에 필수적인 전제조건을 형성했다. 혹은 다른 말로 표현하면, 서구 세계에서 너무나도 당연시되는 모든 문화는 휴대 가능한 책에 토대를 두고 있다. 서구 문화는 여행 가방이나 재킷 호주머니 속의 책과 함께 세계 각지로 전달되었다.

물론 휴대하기 어려울 정도로 상당히 큰 책들도 여전히 존재한다. 그리고 그런 책들은 바로 그 점을 자랑스럽게 여기는 게 분명하다. 지도책, 부피가 큰 미술 작품집과 사진집, 특히 장식용으로 사용되는 이른바 커피 테이블 북 Coffee Table Book*이 그런 책들에 속한다. 그러나 이런 책 판형들 가운데 단연 승리자는 1900년경 처음 등장한 문고판 페이퍼백이다. 문고판 페이퍼백은 크기가 작고 가벼울 뿐만 아니라 저렴하며 유연성까지 있다. 다시 말해 텍스트

---

* 크고 두툼하며 사진과 그림이 많고 값비싼 책.

유포를 가로막는 장애 요소가 가장 적다.

그러나 문고판 페이퍼백도 여전히 종이로 만든다. 무게가 나가고 자리를 차지하고 훼손되거나 분실될 수 있다. 그러므로 텍스트 유포의 발전 과정에서 문고판 페이퍼백의 다음 단계는 지극히 당연하게도 텍스트를 담는 수단을 더욱더 '작고 가볍게' 만드는 것이라고 말할 수 있다. 사람의 목소리처럼 전선을 타고 지날 수 있을 정도로 '작고 가볍게'. 전자책은 이런 면에서 모든 분야에 글을 보급하려는 구텐베르크 계획의 가장 완벽한 완성본이다.

바로 '그런' 관점에서 본다면 말이다. 그러나 우리는 다르게 볼 수 있고 다른 관점에서도 고려할 필요가 있다.

아름다운 책

사실 책을 어떤 식으로든 근사하게 꾸미거나 장식해가며 아름답게 만들려 애쓸 필요는 없다. 단지 인쇄가 잘되어 있으면, 다시 말해 활자가 읽기 쉽게 적절히 배치되어 있고 텍스트가 이해하기 쉽게 분포되어 있는 것만으로도 충분하다. 제본은 수수하면 무난할 것이다. 너무 무거울 필요는 없지만 당연히 튼튼해야 할 것이다. 아름다움을 순전히 기능적으로 충족시키는 책은 이런 책일 것이다.

그러나 현실에는 다른 책들도 있다. 독일어에는 심지어 '책장식Buchschmuck'이나 '책공예Buchkunst' 같은 전문 용어(영어에서는 '북아트Book Art'로 통칭한다.─옮긴이)들이 존재한다. '아름다운' 책을 만들기 위해 얼마나 많은 공을 들이는지 알려주는 증거이다. 아무렴, 우리는 순전히 아름다운 형태를 즐길 요량으로 단순한 일상용품조차도 예쁘게 꾸미고 디자인한다. 자연에서 벗어나면 보기 흉한 사물들이 차고 넘치는데 그 누가 이런 행위를 비난하겠는가? 그래서 물건을 자르는 아름다운 칼이 있고, 앉을 때 미적인 부가 가치를 누리고 싶은 사람들을 위한 아름다운 의자가 있는 것이다.

그런데 바로 이런 비교가 차이점을 부각시킨다. '칼공예'나 '의자공예'라는 용어는 존재하지 않는다. 이것들은 모두 디자인의 범주에 포함된다. 그러나 나는 책공예를 디자인이라고 부르고 싶지 않다. 책공예의 결과물이 전혀 마음에 들지 않는 경우도 마찬가지다. 의자나 칼과 달리 책은 예술과 훨씬 더 밀접하고 근본적인 관계에 있다고 생각하기 때문이다.

책공예가 존재한다는 사실은 텍스트에 대한 존중의 표시인 듯 보인다. 외관을 통해 품위를 강조하는 것이다. 텍스트를 특별하게 여기고 존중한다는 표시 없이 알몸으로 세상에 내놓고 싶지 않은 것이다. 속옷 차림으로 국민 앞에 모습을 드러내는 왕은 없다. 사제복과 수도복 같은 아주 수수한 의복도 위엄과 품위를 드러낼 수 있다. 책공예는 책의 물질적인 측면을 책 속의 정신적인 내용에 맞추기 위한 예술이다.

모든 예술이 그렇듯이 책공예에도 물론 실패의 위험이 도사리고 있다. 내가 소장하고 있는 책들 가운데도 보기 흉하다고 생각되는 것들이 몇 권 있다. 어떤 책들은 보호 커버를 벗겨내고 나면 불만을 누그러뜨리는 데 그나마 도움이 된다. 그러나 모든 책들이 그렇지는 않다. 덩굴 장식으로 휘감은 표제, 극히 인위적인 활자, 책장 가장자리에 플립 북flip book*처럼 과도하게 멋을 부린 책은 무척 신경에 거슬린다. 그런 식으로 독자의 관심을 텍스트가 아닌 다른 곳으로 돌리려 했다는 생각이 들기 때문이다. 그러나 제아무리 흉물스런 책이라 해도 책공예에 대한 반론의 근거를 제공하지는 못한다. 이는 흉측하거나 유치한 스타일의 옷이 옷을 입고 집을 나서는 행위에 대한 반론의 근거가 되지 못하는 것과도 같다. 알몸은 대안이 아니다.

책의 경우도 마찬가지다.

---

* 낱장에 연속되는 동작을 순서대로 그린 다음, 손끝으로 책장을 빠르게 넘기면 마치 그림이 움직이는 것처럼 보이게 하는 책. 19세기 중반에 발명된 플립 북은 영화와 애니메이션에도 큰 영향을 주었다.

훼손된 책

책은 대부분 망가질 수 있다. 물론 텍스트를 읽을 수 없는 지경까지 훼손되는 경우는 드물다. 최소한 텍스트 자체를 이전 상태로 되돌려야 하는 일은 일어나지 않은 셈이다. 그럼에도 불구하고 우리는 어디서든 훼손된 책을 마주칠 수 있다. 물에 젖어 책장이 쭈글쭈글해지거나 색상이 번지기도 하고 여러 페이지가 갈라지기도 한다. 누군가 갈라진 곳을 접착테이프로 붙였지만 테이프가 떨어져 나가면서 갈색 흔적을 남긴다. 면지가 떨어져 나가기도 하고 표지에 흠이 생기기도 하며 책등의 바인딩 천binding cloth에 실오라기만 붙어 있기도 한다.

책을 읽는 사람은 책의 물성物性 또한 그 책이 전달하는 내용의 일부라고 느낀다. 즉 훼손된 책은 텍스트가 온전하더라도 자꾸 신경에 거슬린다. 텍스트 너머에서 불안해하거나 격분한 목소리들이 들리는 듯하다. 지금 뭐가 잘못됐지? 목소리들은 묻는다. 누가 주의하지 않은 거야? 누가 의무를 소홀히 한 거야? 왜 책이 물속에, 먼지 속에, 오물 속에, 햇볕이 내리쬐는 곳에 놓여 있었던 거지? 누가 괴롭히기라도 한 거야? 도대체 얼마나 괴롭힘을 당했기에 이렇게 책을 내팽개칠 수 있는 거지?

나는 훼손된 책을 읽게 되면 그 암울한 모습이 내 숨통을 조여오지 못하도록 더더욱 텍스트에 집중한다. 이렇게 읽는 것에 성공하면 텍스트는 온전히 자신의 공로를 인정받는다. 훼손되었음에도 불구하고 책으로서 여전히 존재하기 때문이다. 쓰레기통에 버려지지도 않았고 난로의 불쏘시개로 사용되지도 않았으며 폐지로 재활용되지도 않았다. 그러기에는 책의 내용이 누군가에게 너무나 중요했던 것이다. 혹은 심지어 여러 사람에게 중요했을 수도 있다. 마침내 나 역시 그들의 뜻에 동의하게 된다.

결국 훼손된 책은 텍스트가 책에 얼마나 많이 의존하는지 보여준다. 또 다른 한편으로는 얼마나 의존하지 않는지도 말이다.

불완전한 책

나는 오스트리아 작가 페터 알텐베르크*의 책을 몇 년 동안
수집한 적이 있다. 뭐라고 말해야 좋을지 모르겠지만, 어쨌
든 그것은 매우 야심찬 일이었다. 알텐베르크의 저서 열네
권의 모든 판본을 한 부씩 소장하려는 것은 실제로 무모한
목표였다. 동일한 판본일지라도 제본 형태가 다르면 무조
건 수집하려 했다. 이 순진하면서도 결코 값싸지 않은 수집
욕은 나를 안절부절못하게 몰아댔다. 더욱이 그것도 헌책방
과 벼룩시장에 의존해야 했던 1980년대에. 출판 목록이라
는 것 자체가 아예 존재하지 않았으므로 목표대로 '전권'을
수집하면 모두 몇 권이 될지도 정확히 몰랐다. 아마 100권

---

* 페터 알텐베르크Peter Altenberg(1859~1919). 젊은 시절 신경과민 진
단을 받은 뒤 주로 카페하우스에서 글을 쓰며 보헤미안 같은 삶을 살았다. 냉
담한 관찰자의 시선으로 세기말 빈의 풍경을 묘사한 산문 및 산문시를 주로
썼다. 현재 빈의 카페 첸트랄Café Central에는 그의 실물 조각상이 있다.

가량 되지 않았을까? 어쨌든 나는 알텐베르크의 책을 60여 권 소장하고 있을 무렵 결혼했고, 앞으로는 책을 사 모으는 일을 자제하겠다고 아내에게 약속해야 했다.

그리고 실제로 자제했다. 그러나 아내와 함께 떠난 휴갓길에 취리히에 들렀다가 어느 헌책방에서 알텐베르크의 첫 작품집 《내가 그것을 보듯Wie ich es sehe》을 발견했다. 상당히 희귀한 초판본이었으며, 당시 가격이 일반적으로 300마르크(약 150유로) 이상이었다. 그 책은 애석하게도 처음 그대로의 상태가 아니었다. 최초에는 가제본이었지만 나중에 수수한 반양장본으로 장정되면서 가장자리가 많이 잘려나가 있었다. 그럼에도 종합적으로 볼 때 수집할 만한 가치가 있었다. 게다가 가격이 30프랑밖에 하지 않았다! 처음에는 그 행운이 믿어지지 않았다. 그러다 헌책방 주인이 표지 안쪽에 써놓은 메모를 보았다. "마지막 열세 페이지 분실."

스위스의 그 헌책방에 서서 얼마나 오래 골똘히 생각했는지 모른다. 이 책을 살까? 이 정도면 괜찮은 가격일까 아니면 터무니없이 비싼 걸까? 온전하지 못한 책도 책일까 아니면 손발이 없는 미완성 작품이나 생명이 없는 사체에 지나지 않을까?

결국 나는 그 책을 구입했다. 오로지 나중에 '왜 그걸 사지 않았을까' 하고 자책하는 일을 피하고 싶었을 뿐이다. 나는 그 책을 결코 좋아하지 않았다. 그 책을 《내가 그것을 보듯》의 다른 초판본 옆에 꽂아두었다. 다른 초판본은 상태가 훨씬 더 나빴다. 많이 낡아 있었다. 그러나 떨어져 나간 부분은 없었다. 그 초판본은 새로 사온 책 옆에서 초라해 보였고 지금도 초라해 보인다. 한번은 떨어져 나간 페이지들을 복사본으로 보충하려고 시도한 적이 있었다. 그러자 더욱 흉물스럽게 보였다.

지금의 나는 불완전한 책은 죽은 책이라고 확신한다. 혹은 훼손된 텍스트의 사체를 위한 종이 관이라고 말하는 편이 더 나을지 모른다. 다른 사람들은 다르게 생각할 수도 있다. 하지만 나로서는 달리 어쩔 수 없다. 《내가 그것을 보듯》의 떨어져 나간 마지막 열세 페이지를 따로 제공받아서 보충하지 못하면, 종내는 그 책과 결별하고야 말 것이다. 그런데 '어떻게' 결별할 것인가?

아마 나보다 훨씬 더 제정신이 아닌 사람에게 그 책을 팔면 가장 좋을 것이다. 주제넘긴 하지만, 그런 사람이 세상에 존재한다면 말이다.

주석을 붙인 책

많은 경우 손때가 묻은 책장, 닳아 해진 표지, 비틀린 책등, 접힌 책장 귀퉁이, 올이 풀린 가름끈에 책을 읽은 흔적이 남아 있기 마련이다. 그런데 더 뚜렷한 흔적이 남은 책들도 있다.

언젠가 내가 일하던 대학 연구소를 나서는 길이었다. 벌써 30년 전의 일이다. 건물 로비에 한 나이 든 여자가 접이식 의자에 앉아 있었고, 발치에 책이 몇 권 놓여 있었다. 많지는 않았고 아마 대여섯 권이었을 것이다. 그 광경을 보니 왠지 가슴이 답답해졌다. 사실 나는 그녀 곁을 빠르게 지나치려고 했다. 하지만 나도 모르게 걸음을 멈추고 책 한 권을 집어 들었다. 그런 경우 흔히 책이 내 주의를 끌었다고 말한다. 슈테판 게오르게*의 시집이었으니 전혀 놀랄 일은 아니었다. 게다가 멜히오르 레히터**가 디자인한 군청색 오리지널 에디션이었다. 그녀는 틀림없이 깜짝 놀란 내 얼굴을 보았을 것이다. 아마 내 탐욕스런 마음도 보았을 것이다. "이런 책에 관심이 있으시면 저를 따라오세요." 그녀가 말했다. "우리 집에 더 많이 있어요."

그래서 나는 극도의 호기심에 사로잡혀 그녀를 따라갔다. 곧 보물을 발견해서 가능한 한 유리한 가격에 구입하기를 바라는 수집가의 복잡미묘한 심정으로. 우리는 멀리 가지 않았다. 그녀가 사는 동네는 꽤나 한적하고 약간 시대에 뒤처지긴 했지만 도심에 자리 잡고 있었다. 그녀는 나를 지하실로 안내하면서 자신이 심한 건망증에 시달리고 있다고 말했다. 그래서 빨래 바구니, 선반의 식료품, 책 상자 곳곳에 작은 쪽지를 붙여 놓았다는 것이다. 그녀는 내가 15분

---

* 슈테판 게오르게 Stefan George(1868~1933). 독일 상징주의를 대표하는 시인. 단테, 셰익스피어, 보들레르의 작품을 독일어로 옮기기도 했다. 유럽 각지를 방랑하는 동안 말라르메, 베를렌과 같은 프랑스 상징주의 시인들에게 큰 영향을 받았다. 19세기와 독일 모더니즘을 연결하는 중요한 시인으로 평가받는다.

** 멜히오르 레히터 Melchior Lechter(1865~1937). 스테인드글라스 페인팅과 책 장식 디자인으로 유명한 독일의 화가이자 그래픽 아티스트. 1895년 슈테판 게오르게를 처음 만난 후부터 1907년까지 게오르게의 책 대부분을 도안하고 디자인했다.

이상 지하실에 머물게 되면, 왜 내가 그곳에 오게 됐는지를 자신에게 설명해달라고 부탁했다. 그러고 나서 여인은 나를 남겨두고 지하실 밖으로 나갔다. 당시만 해도 나는 그것이 치매 증상이라는 걸 알지 못했다. 그저 참 별난 이야기라고 생각하면서 서둘러 책 상자 속을 헤집기 시작했다.

몇 분쯤 지났을까, 내 양손에는 책이 한가득 들려 있었다. 무조건 갖고 싶은 책들이었다. 그러나 나는 그 책들을 곧바로 다시 내려놓을 수밖에 없었다. 그 집으로 오는 길에 그녀가 이미 말하길, 그 책들은 그녀의 남편이 소유하던 것이었기 때문이다. 그녀의 남편은 1900년에 태어났다. 그는 1차 세계 대전 후 대학을 마치고 독일어 교사로 근무했다. 그러나 애석하게도 정년퇴임 이후로 오래 살지 못했다. 홀로 남은 그녀는 병든 아들을 돌봐야 했고, 그래서 한 푼이라도 더 돈을 모아야 했다.

나는 이 말을 들으면서도 별다른, 아니 아무런 생각도 하지 않았다. 그런데 지하실에 쭈그려 앉아 있던 그때, 나 자신이 탐욕에 대한 끔찍한 대가를 치르게 될 것이란 생각이 들었다. 그 책들은 틀림없이 독일어 교사의 책이었다. 다시 말해, 그 독일어 교사는 뾰족한 연필을 쥐고서 책을 숙독했다. 연필로 길게 주석을 달기도 하고 심지어 수업에 필요한 설명을 써넣기도 했다.

당시 나는 야심적인 수집가였으며 이미 주석을 붙인 책들을 여러 번 경험한 터였다. 물론 볼펜이나 만년필로 그은 밑줄이나 여백에 기입한 주석을 지우기는 불가능했다. 하지만 연필로 쓴 것들 역시 달갑지 않은 흔적을 질기게 남기는 경우가 종종 있었다. 단단한 연필심은 얇고 부드러운 종이를 할퀴어 고랑을 냈다. 반면에 연한 연필 자국은 지워내려 하면 잉크처럼 번졌다. 심지어 아무리 지우개로 지우려해도 지워지지 않는 이른바 복사용 연필도 있었다. 몇 번의 예외적인 경우를 제외하고는 헌책에 쓰인 주석을 제거하려는 시도가 성공한 적은 거의 없었다. 나는 그 지하실에서도 패배에 직면해 있었다.

그런데도 나는 내 안의 수집가를 고문하는 그 지하실에 조금 더 머물렀다. 그 독일어 교사의 책들 가운데는 두 번의 세계 대전 사이에 활동했던 저명한 작가들의 작품들이 많이 있었다. 그중에는 로베르트 무질의 소설 《특성 없는 남자》*의 초판본(이렇게 쓰는 것조차 고통스럽다) 같은 귀중한 판본들도 실제로 몇 권 있었다. 그러나 책 주인이 뾰족한 펜으로 극히 정확하게 숙독한 흔적이 모든 책에 남아 있었다. 유감스럽게도 이것은 책 주인이 책을 직업 활동의 기록으로 변화시켰음을 의미했다. 그로 인해 책은 원래의 가치를 상실했다. 적어도 내게는 그랬다.

결국 지하실에서 나와 함께 올라온 책은 슈테판 게오르게의 시집뿐이었다. 위층에 있던 노부인은 다행히 나를 기억했고, 우리는 적절한 가격에 합의했다. 집에 도착해서 나는 그 책을 책장에 꽂아둔 채 두 번 다시 펼쳐보지 않았다. 심지어는 그날의 우연한 만남으로 인해 나와 슈테판 게오르게의 관계가 나빠지지는 않을까 노심초사했다.

---

* 오스트리아의 작가 로베르트 무질Robert Musil(1880~1942)의 미완성 대표작 《특성 없는 남자》는 프루스트의 《잃어버린 시간을 찾아서》, 조이스의 《율리시즈》와 함께 20세기 모더니즘의 3대 걸작 중 하나로 손꼽힌다.

사용에 대하여

좋아하는 책

일반적으로 어떤 책을 좋아하느냐는 질문은 어떤 텍스트를 좋아하느냐는 뜻이다. 그럼에도 이런 질문을 받게 되면 대부분의 사람들은 구체적인 '책'을 떠올릴 것이다. 아마도 그것은 텍스트를 처음으로 만나게 해준 책일 가능성이 많다. 이를테면 나는 테오도어 폰타네*의 열광적인 팬이다. 그런데 어떤 책을 좋아하느냐는 질문을 받으면, 유감스럽게도 내 의사와는 상관없이 《에피 브리스트》의 끔찍한 페이퍼백이 저절로 떠오른다. 이 책은 테오도어 폰타네 서거 70주년을 기념해 그의 모든 작품을 모아 출간된 전집 중 한 권

---

* 테오도어 폰타네 Theodor Fontane(1819~1898). 독일 사실주의를 대표하는 소설가이자 시인. 젊은 시절 약사로 일하며 문학 활동을 병행하다가 서른 살에 약사를 그만두고 작가로서의 삶에 전념하기 시작했다. 대표작으로 《에피 브리스트》가 있으며, 그의 심리 묘사와 아이러니는 토마스 만에게 영향을 주었다.

이다. 이 전집은 심히 염려스러운 형태로 49마르크에 판매되었다. 갈색 종이에 조잡하게 인쇄되었고 페이지 번호마저 완전히 제멋대로 매겨져 있다.

1950년대에 출간된 그림책《모든 잘못은 코코에게 있어》*도 떠오른다. 이런 멋진 구절이 오랫동안 내 뇌리에 남아 있다. "삶은 순전히 이미 시작된 이야기들로 이루어져 있다. 그 이야기들을 끝까지 제대로 따라가기만 하면 된다." 50여 년의 세월이 흐른 후 그 책을 다시 손에 들었을 때, 나는 가슴이 뭉클했다. 절망한 아이들 옆에 분노한 표정의 원숭이 코코가 그려져 있던 표지 삽화도 기억난다. 절망한 아이들은 코코를 찾아 헤매지만 끝내 찾아내지 못한다. 그 책의 모든 삽화들, 특히 사건이 벌어진 장소를 표시한 지도들도 기억에 남아 있다. 나는 삶이 이미 시작된 이야기라는 저 문장이 책 속 어딘가 오른쪽 페이지 중간쯤에 쓰여 있다고 믿었다. 그런데 그 문장은 실제로 책 속 어디에도 쓰여 있지 않다. 하지만 중요한 건 그게 아니다!

* 독일의 저널리스트이자 작가였던 프리드리히 뤼데케Friedrich Lüddecke (1905~1967)가 1953년에 출간한 책이다.

그리고 이 책, 구스타프 슈바브의 《고전 고대 시대의 가장 아름다운 전설들》**도 생각난다. 나에게 이 책은 북 클럽 에디션으로 영원히 기억될 것이다. 나는 이 책을 북 클럽 에디션으로 처음 읽었고, 그 후로도 여러 번 더 읽었다. 이 책은 책등 쪽을 가죽으로 덧댄 반半가죽 장정에 표지 색깔은 적갈색에서 장밋빛으로 미묘한 음영이 이어진다. 또한 표지에는 그 무렵 유행했던 양식의 삽화가 그려져 있는데, 당시 나에게 그것은 우아함의 완벽한 본보기였다. 명예와 용기, 운명에 대한 이야기에 그 삽화가 얼마나 잘 어울렸던지. 텍스트 속에서 흘리는 많은 피와는 또 얼마나 잘 어울렸던지.

지난 수백 년 동안 위대한 텍스트들이 육안으로 식별하고 손으로 붙잡을 수 있는, 즉 3차원적 형태인 책으로서 존재해왔음은 자명한 사실이다. 형태와 내용의 결합이 영원

** 독일의 교육자이자 시인인 구스타프 슈바브 Gustav Schwab(1792~1850)가 쓴 이 책은 1838년 초판이 발행된 이후 독일어권에서 가장 널리 읽히고 있는 그리스 로마 신화이다. 국내에는 《구스타프 슈바브의 그리스 로마 신화》라는 제목으로 출간되었다.

히 변하지 않는 책들도 많다. 나는 나중에 저 끔찍했던 페이퍼백 《에피 브리스트》를 모든 측면에서 더 나은 판본으로 다시 읽었다. 그러나 《모든 잘못은 코코에게 있어》는 꾸밈없고 소박한 삽화에 회색과 베이지색이 어우러진 반양장본의 형태로만 존재한다. 즉 나 자신은 물론 다른 독자들도 이 책의 다른 형태를 본 적이 없다.

우리는 일상에서 텍스트와 책을 동일시하는 데 익숙해져 있는 탓에 책이라는 낱말을 텍스트와 동의어로 사용한다. 그러나 실제로 '책'을 쓰는 사람은 없다. 책이 아니라 나중에 인쇄되어 책으로 출판되길 바라는 '텍스트'를 쓴다. 아무려면 어떠랴! 이 잘못된 동의어가 옳을 수도 있다. 책이라는 형태 없이도 텍스트가 유포되어서 읽힐 수 있기 때문이다. 그렇지 않은가?

그러므로 누군가에게 있어서 '좋아하는 책'은 그야말로 '오롯한' 책이다. 왜냐하면 적어도 독자의 입장에서는 텍스트와 그것을 담은 물질적 형식이 자명하게 하나를 이루기 때문이다. 즉 정신과 물질이 일치한다.

무언가가 성공하는 경우는 언제나 그런 법이다.

알맞은 책

책이 늘어나면 다른 물건을 원래의 위치에서 몰아내야만 한다. 책이 놓인 자리에는 다른 물건이 있을 수 없다. 이 말은 자명한 물리학적 이치처럼 들린다. 그러나 만일 짧은 여행을 떠나려고 배낭을 꾸리거나 상당히 긴 여행을 위해 커다란 여행용 가방을 챙길 때면 이것은 골치 아프게도 심각한 문제로 부상한다. 어디에 짐을 꾸리든 책이 들어갈 수 있는 공간은 한정되어 있기 때문이다. 다시 말해 우리는 책을 선택해야만 한다.

이것은 업무 여행이나 휴가에만 국한된 이야기가 아니다. 이미 책을 구입하는 것 자체가 (틀림없이 고통스러운) 선택이다. 책을 구입한다는 것은 자리를 차지하는 물건을 집 안에 들이는 것을 뜻하기 때문이다. 알다시피 이 물건이 집 안에 있을 곳은 한 군데밖에 없다. 책장이 책들로 채워진다. 그리고 결국에는 책장이 꽉 차기 마련이다. 이제 책상,

침실용 협탁, 거실 탁자 위에 책이 점점 수북이 쌓인다. 마침내 책들이 기우뚱해져서 무너져 내릴 때까지. 처음에는 지하실이나 다락이 한없이 넓어 보인다. 그러나 결코 그렇지 않다. 내가 장담한다!

책의 물질적 속성은 도무지 해결될 기미가 안 보이는 운송과 보관에 대한 문제를 야기한다. 더 나아가 물건으로서의 책은 우리가 한정된 분량의 책만을 읽을 수밖에 없다는 슬픈 상황의 상징이기도 하다. 우리의 삶도 책장처럼 책을 위한 자리가 한정되어 있다. 대략 계산해보면 5,000권 정도가 상한선이다. 물론 책을 아주 많이 읽는 사람만이 이 상한선에 도달할 수 있다. 책을 60년 동안 읽을 수 있다고 가정하고 일주일에 한 권씩(절대 적은 분량이 아니다!) 읽는다면 약 3,000권을 읽을 수 있다. 즉 스스로를 다그친다면 우리가 읽을 수 있는 책으로 일반적인 크기의 방 하나를 채울 수 있다.

다시 말해서 우리가 평생 읽는 책의 분량과 우리가 생활하는 공간에 보관할 수 있는 책의 분량은 어느 정도 일치한다. 우리가 소장하는 책의 분량만큼, 딱 그만큼의 텍스트가 우리의 머릿속에 들어가는 것이다. 우리가 마련하는 모든 새 책은 그 책들이 우리의 책장을 차지하는 공간만큼 우리의 독서 생활을 차지한다.

이것이 바로 우리가 '알맞은' 책을 고르기 위해 신경을 써야 하는 이유이다.

부적절한 책

부적절한 책은 사실 책의 탓이 아닌 경우가 대부분이다. 다만 부적절한 시간, 부적절한 장소에 있었을 뿐이다. 혹은 우리가 부적절한 추천사에 넘어갔거나 그 추천사를 제대로 이해하지 못했거나 추천사를 '부정확하게' 썼을 수도 있다. 이유가 무엇이든 간에 부적절한 책은 기꺼이 없애고 싶은 짜증 나는 책이다. 그럼에도 부적절한 책은 사물로서 자신의 존재를 주장한다. 이런 실수를 지우는 건 그리 쉬운 일이 아니다.

물론 우리는 실수를 지우려고 시도할 수는 있다. 예를 들어 침실 협탁 위에서 손에 잡히기를 기다리는 책들 사이에 부적절한 책을 놓아두는 것이다. 부적절한 책이 눈에 익숙해지면 알맞은 책이 될지도 모른다. 아니면 시간이 이런 재주를 부리도록 그 책을 책장 속에 감금할 수도 있을 것이다. 아예 그 책을 다른 사람에게 선물하거나 빌려줌으로써 실수에 대한 기억을 떨쳐버릴 수도 있다.

한편, 부적절한 책이 알맞은 책을 몰아내는 것이야말로 가장 고약한 일이다. 이런 일은 불행하게도 여행길이나 휴가 중에, 특히 이른바(또는 실제로) 외딴섬 같은 장소에서 자주 발생한다. 그런 장소에서는 적어도 한동안은 알맞은 책을 구할 수 없고, 그러면 한정된 독서 시간과 인생의 시간을 둘 다 (또다시) 경솔하게 다루었다는 사실을 부적절한 책이 (몇 시간, 며칠, 심지어 몇 주 동안이나) 고통스럽게 상기시킨다. 그러다 보면 부적절한 책은 세상의 온갖 나쁜 것들이 우리 안에 심어놓은 분노의 진원지가 되고 만다. 부적절한 책에 재앙이 있을지니!

나는 개인적으로 부적절한 책을 알맞은 책으로 만드는 좋은 방법이 있다고 믿는다. 특히 앞에서 말한 것처럼 외딴섬에 갇힐 경우에는 부적절한 책을 읽어야 한다. 어쩌면 그것은 실체를 숨긴 알맞은 책이었을 수도 있고, 또는 알맞은 책인데 미처 알아보지 못했을 수도 있다. 정말 부적절한 책이라고 증명될지언정 기회가 없었다면 결코 읽지 않았을 책을 어쨌든 읽지 않는가. 이런 경험은 자신의 취향을 여러 번 확인하는 것보다 훨씬 더 보람된 일일지도 모른다.

비싼 책과 싼 책

어떤 책이 비싸고 어떤 책이 싼지는 구매자의 지갑이 결정한다. 값이 싸고 비싸고는 상대적인 개념이다. 책의 역사를 보더라도 처음에는 책이 너무 비싸서 대부분의 사람들에게 책은 도달 불가능한 목표였다. 꽤 시간이 흐른 뒤에야 책은 조금씩 저렴해지기 시작했다. 40여 년 전만 해도 유럽에서는 새 책의 평균 가격과 사람들의 평균 구매력이 최적의 관계였다고 언젠가 들은 적이 있다. 그러나 내가 보기에 그것은 잘못된 계산에서 기인한 것이다. 지금이야말로 책이 단연 가장 저렴하기 때문이다. 요새는 누구나 한 번도 펼쳐보지 않은 수많은 책들을 아주 싼 값에 구입할 수 있다.

그럼에도 불구하고 나는 오늘날 모든 독자들이 비싼, 아주 비싼, 어쩌면 지나치게 비싼 책에 얽힌 이야기를 하고 있다고 확신한다. 내 경우에는 초호화판으로 제작된 《범선의 전성기》라는 책이 여기에 해당한다. 이 책은 델리우스 클라징 출판사에서 1970년에 처음으로 프랑스어를 독일어로 번역해 출간한 이래 20년 동안 출판 목록에 올라 있었다.

1970년 바로 그해에 나는 범선에 열광하기 시작했으며, 시립 도서관에 소장된 책 말고 이 주제에 대한 다른 책이 더 있는지 알아보려고 서점에 갔다. 서점에서는 그런 책은 없다고 대답했다. 이 분야의 진열대에는 취미로 범선을 타는 사람들과 노르웨이 피오르의 아름다운 풍경을 즐기기 위한 가이드북들만 있었다. 그러다 서점 주인에게 문득 좋은 생각이 떠올랐다. 아마도 델리우스 클라징 출판사의 영업 사원이 그 직전에 다녀갔기 때문이었을 것이다. 어쨌든 그래서 나는 신간 도서 목록을 훑어볼 수 있었다. 거기에 《범선의 전성기》가 있었고, 그 책은 의문의 여지 없이 내가 찾는 책이었다. 풍부한 컬러 삽화들은 물론 넓게 펼쳐서 볼 수 있는 범선의 단면도와 삭구*들의 도해까지 실려 있었다. 그 책을 말 그대로 기어코 가져야만 했다.

그런데 가격이 무려 54마르크에 달했다! 오늘날 그 돈이

---

* 배에서 쓰는 로프나 쇠사슬 따위를 통틀어 이르는 말.

몇 유로에 해당하는지 정확한 계산은 전문가에게 맡기련다. 또 계산 결과가 어떻든 간에 당시 내게 중요했던 숫자 5만큼 중요하지도 않을 것이다. 나는 숫자 5를 너무나 잘 알고 있었다! 당시 내 한 달 용돈이 5마르크였기 때문이다. 나는 (유감스럽게도 많지 않은) 지인들에게 이런저런 핑계를 둘러대며 돈을 쥐어짜냈다. 즉 10마르크 정도는 대체로 단기간에 조달할 수 있었다. 하지만 54마르크짜리 책이라니. 그것은 그냥 불가능에 가까웠다.

지금 이 글을 쓰는 내 옆에 그 책이 있다. 그 가격이 ISBN과 함께 여전히 안쪽 면에 쓰여 있다. 그 아래로는 내가 1980년에 직접 도안한 장서표가 붙어 있고 현재 델리우스 클라징 출판사 사장인 콘라드 델리우스의 서명도 되어 있다. 2007년 나는 델리우스 클라징에게 서명을 부탁했다. 내가 그 비싼 책을 주문할지 말지 심사숙고했던 1970년에 콘라드 델리우스는 내 또래의 학생이었다.

이 모든 정황들이 명백히 알려주듯이 실제로 나는 그 당시에 그 책을 주문해서 구입했다. 하지만 당혹스럽게도 그 돈을 어떻게 조달했는지는 더 이상 말할 수 없다. 일말의 기억도 남아 있지 않기 때문이다. 훔치지 않은 것만은 확실하다. 다만 어떻게 그 돈을 마련했는지는 정말 모르겠다. 아마도 (아니 '분명히') 조르고 거짓말하고 속인 탓에 수치심이 기억을 지워버렸을 것이다. 어찌 되었든, 중요한 사실은 내가 그 책을 손에 넣었다는 것이다.

나는 그 책을 얼마나 애지중지했던가! 그 책을 읽는 것은 일종의 엄숙한 예배를 드리는 것과도 같았다. 조심조심 귀가 접히지 않도록 컬러 화보를 펼치는 것은 하나의 의식과도 같았다. 나는 한동안 모든 책을 커버 dust jacket 없이 책장에 꽂아야 한다고 생각한 적이 있다. 하지만 그때도 《범선의 전성기》의 커버만은 버리지 않았다. 이미 오래전에 커버와 책은 다시 하나로 결합했다. 커버가 벗겨져 있던 동안 책등이 조금 바랬고 모서리 부분은 약간 회색으로 변색됐다. 하지만 그건 중요하지 않다. 지금도 이 책을 손에 들 때마다 오래된 것일수록 더욱 사랑스럽다는 표현의 의미가 생생하게 다가온다. 즉 "이 책은 나에게 너무나도 '소중한' 것이다."

그러나 지금은 나만 이 책을 '소중하게' 여기는 듯하다. 삽화의 아름다움과 텍스트의 내용은 조금도 소실되지 않았지만 이 책의 물질적인 가치는 거의 사라졌다. 인터넷에서

이 책의 가격은 4유로에서 시작된다. 책이 새것이었을 당시 담배 한 갑의 가격이 2마르크 정도였던 것을 생각하면 결국 이 책은 담배 한 갑의 가격에도 못 미치는 셈이다.

앞서 말한 것처럼 책을 쉽게 구매할 수 있게 되면서 책값은 전반적으로 저렴해지고 있다. 이는 경제적인 측면에서 분명 독자들에게 반가운 현상이다. 그러나 나는 이 때문에 책을 둘러싼 신비스런 분위기가 사라지지는 건 아닐까 두려워진다. 어쨌든 이미 음악이나 영화, 책, 신문 등 디지털로 제공되는 모든 문화 상품에 고정 요금을 적용하거나 아니면 아예 모든 문화적 산물을 일체 무료화하자는 제안들이 있다. 다시 한번 말하건대, 모든 책은 텍스트가 인쇄되어 나오기까지 넘어야 했던 장애물들에 대한 감각을 전해준다. 그때 그 시절, 열세 살 소년이었던 나에게 《범선의 전성기》의 어마어마한 가격은 내가 그 주제에 침잠해서 화보들에 빠져들고 도해들을 펼쳐보기까지 얼마나 많은 공정들이 필요했는지를 똑똑히 알려주었다. 그것은 유익한 가르침이었다. 우리가 그 가르침을 완전히 포기할 수 있을지는 잘 모르겠다.

발견된 책

최근 몇 년 동안 내가 책을 구입한 방식은 솔직히 걱정스러울 정도로 실용적인 경향을 띠었다. 이것은 분명 나에게만 한정된 이야기는 아닐 것이다. 책을 인터넷으로 구입하는 사람들이 점차 늘어나고 있기 때문이다. 인터넷으로 책을 주문하는 사람은 자신이 찾는 책이 무엇인지 이미 정확히 알고 있다. 주문 과정은 일사천리로 진행된다. 그러는 동안 다른 한편에서는 작은 서점들이 줄줄이 문을 닫는다. 작은 서점들의 큰 장점은 조카에게 어떤 책을 선물하면 좋을지 또는 이비사섬에서 휴가를 보내며 어떤 책을 읽어야 할지 '모르는' 사람들을 도와주는 데 있었다.

배회하는 애서가(이 표현은 내가 만든 것이다)를 위한 마지막 하나 남은 피난처는 벼룩시장이다. 벼룩시장에서는 일반적으로 특정 작가나 특정 책에 대해 문의할 수 없다. 주제별로 분류하거나 저자명을 알파벳 순서로 분류해놓는 경우가 거의 없고, 또 최근 베스트셀러를 권유하는 사람도 없다. 그 대신 온갖 잡다한 물건들이 뒤죽박죽 섞여 있는 상자들만 있을 뿐이다. 그 안에 무엇이 들어 있는지 보려면 허리를 굽혀 목을 길게 늘여 빼야 한다.

몇 년 동안 나는 거의 매 주말마다 벼룩시장에서 시간을 보내곤 했다. 그러면서 책만 고집스럽게 판매하는 사람들을 찾아다녔다. 그때 내가 손에 들고서 살까 말까 망설였던 책만 해도 족히 수천 권은 될 것이며, 또 그중 수백 권은 손에 넣었다. 때로는 발견한 책에 열광했고, 때로는 시큰둥하게 손에 집히는 대로 사기도 했다. 내 장서 목록에 기가 막히게 어울리는 책이 있었는가 하면, '새로운' 목록을 만들어야 하는 책도 있었다. 오랜 세월 동안 복권을 구매하는 사람들이 그렇듯이 나도 몇 번쯤은 운이 좋았던 적이 있었다. 귀중한 희귀본을 저렴한 가격에 손에 넣은 것이다. 그중에는 프란츠 카프카와 로베르트 발저의 초판본도 있었는데, 내 수집 열망을 충당할 자금을 마련하기 위해 애석하게도 그 책들을 다시 팔 수밖에 없었다.

여지저기 책을 찾아다니다 보면 쉽게 병적인 욕망에 사로잡히기 마련이다. 어쨌거나 나도 그런 욕망을 느꼈고, 그

욕망은 끊임없이 나를 가난의 늪으로 빠뜨리려 했다. 나는 그로 인해 병들 수 있다는 사실을 항상 부정했다. 그러나 체력이 벽에 부딪치는 것은 어쩔 수 없었다. 나는 벼룩시장이 열리는 날이면 어김없이 아침 일찍 일어났으며 대충 커피 한 잔으로 아침식사를 때웠다. 그 정도로 긴장하고 예민해져 있었다. 몇 시간이 지나면 손은 지저분해지고 등은 쑤셨지만, 그러기 전에는 세상에 존재하는지조차 몰랐던 책 몇 권의 주인이 되었다. 예를 들어 나는 법원 출입 기자 슬링Sling(파울 슐레징거의 가명이다)을 처음으로 벼룩시장에서 알게 되었고, 신문 문예란의 기고가 발터 키아울렌* 역시 마찬가지였다. 그런 날이면 저녁에 완전히 녹초가 되어 새로 구입한 책 몇 권과 맥주 한 병을 앞에 두고 내 방에 앉아 있었다. 대개는 행복감에 젖은 채로 말이다.

그리고 나 자신에게 물었다. 내가 실제로 이 책들을 골랐을까? 아니면 혹시 이 책들이 나를 선택한 건 아닐까? 때로는 책들이 정말로 나를 선택한 듯한 느낌이 들었다. 아마도

---

* 발터 키아울렌Walther Kiaulehn(1900~1968). 독일의 저널리스트이자 작가.

그 책들은 수십 년 동안 제자리를 마련하려고 계획해왔고, 그래서 크레펠트 피쉘른 또는 그 밖의 다른 곳에서 이 특별한 토요일 아침에 나의 길과 교차한 것이다. 이건 순전히 우연이었을까? 아니면 서로 얽힌 길을 가던 두 사람이 결국 만나서 평생 함께 지내는 것처럼 숙명 같은 건 아니었을까?

물론 나도 이것이 근사한 착각일지 모른다는 사실을 잘 알고 있다. 만일 내가 다른 책들을 만났더라면 그 다른 책들을 샀을 것이다. 하지만 책을 찾아서 발견하는 사람은 자신이 발견한 책과 자신의 관계가 손님과 상품처럼 단순한 관계가 아니라는 환상을 먹고산다. 벼룩시장에서 책을 찾는 것은 인터넷으로 책을 구매하는 것과 달리 정확한 수요와 특정한 만족이 문제시되지 않는다. 적절한 순간에 맞닥뜨린 예기치 않은 행운. 우리는 이 행운 때문에 곤란한 동시에 행복해하는 것이다.

선물받은 책

"책은 선물이다." 오랫동안 이 슬로건을 내건 광고가 있었다. 정확히 기억나지는 않지만 아마도 독일 출판인 및 서적상 협회의 광고였을 것이다. 충분히 그럴 만하다. 하지만 어쨌건 간에 나는 지금까지도 이 짧은 문장을 이해하지 못한다. 이게 실제로 무슨 뜻일까? 자신이 없는 경우에 책을 선물하면 절대 실수하지 않는다는 뜻일까? 아니면 책이 '이상적인' 선물이라는 의미일까? 혹시 '모든' 책이 그 자체로 (인류에게 주어진) 선물이라는 걸까?

아무튼 그 슬로건에는 진부하면서도 경제적으로 극히 중요한 진리가 숨어 있는 게 분명하다. 많은 책들이 '선물용'으로 구매된다는 점에서 책은 실제로 선물이다. 또한 책은 선물하기에도 안성맞춤이다. 너무 작지도 않고 너무 크지도 않아 크기부터가 적당하다. 가격도 적절해서 너무 초라하지도 않고 너무 호사스럽지도 않다. 게다가 많이 애쓰지 않고도 우아하게 포장할 수 있다.

책을 선물하는 사람은 실제로 크게 실수할 위험이 없다. 대부분의 집단에서 책을 선물하는 것은 품격 있는 행위, 또는 근본적으로 비난의 여지가 없는 행위로 간주된다. 졸업식, 견진 성사, 생일, 기념일에 교장 선생님, 아버지, 친구에게 책을 선물받는다. 담요도 아니고, 스케이트보드도 아니며, 살라미 소시지도 아니다. 심지어 선물한 사람이 어떤 책인지 전혀 모르고, 선물받은 사람도 절대 읽지 않을 책일지라도 책은 대체로 무난한 선물이다. 예의를 갖춘 사람이라면 누구라도 선물로 받은 커피 테이블 북 《겨울의 베네치아》가 마음에 들지 않는다고 큰소리로 항의하지 않을 것이다. 책을 거부하는 것은 그야말로 예의에 어긋난다.

더군다나 선물받은 책을 반드시 읽을 필요가 없다는 것은 익히 알려진 사실이다. 책을 선물하는 것은 선택권을 제공하는 것이지 강요하는 것이 아니다. 그리고 최종적으로는 책이 달갑지 않은 선물일 때조차도 속마음을 쉽게 감출 수 있다. 그냥 책장의 다른 책들 옆에 꽂아두기만 하면 된다. 그러면 책은 마음 불편하게 주의를 끌지도 않을뿐더러 읽어달라고 끈기 있게 기다리는 듯한 느낌마저 준다. 다른 책과 교환하는 것도 전혀 문제될 게 없고, 손쉽게 다른 사람에게 다시 선물할 수도 있다.

책은 선물받는 사람에게 한 움큼의 (은밀한) 메시지를 전달할 수 있는 온갖 가능성을 제공한다. 책은 사랑의 고백일 수도 있고 또는 정신적인 유대를 맺자는 제안일 수도 있다. 장미를 키우는 이에게 장미에 대한 책을 선물함으로써 그의 열정적인 취미를 존중한다는 뜻을 내비칠 수도 있다(일상생활에서 그런 표현을 하기는 쉽지 않다). 혹은 장미를 키우는 이에게 난초에 대한 책을 선물함으로써 다양성을 가져보라고 돌려 권할 수도 있다. 책 선물은 공동의 추억을 상기시킬 수도 있고, 또는 선물하는 사람이 직접 책을 읽으며 느꼈던 강렬한 감정을 전달하려는 시도일 수도 있다.

나는 출간되는 책의 몇 퍼센트가 선물용으로 구매되는지 모른다. 대개는 그 비율이 높다고, 아주 높다고들 말한다. 정확히 얼마나 높은지는 작가로서 전혀 알고 싶지 않다. 어떤 작가가 자신의 책이 선물되기만 할 뿐 결코 읽히지 않는다는 걸 생각하고 싶겠는가. 어쨌든 선물용 책 같은 것들, 즉 특별히 선물용으로 기획되고 집필되는 책도 있으니 말이다.

하지만 선물받은 책에 대해 절대 가혹한 말은 하지 말자! 자타가 공인하는 선물 목록에서 오늘 당장 책을 삭제한다면, 책을 선물하는 것이 콘돔이나 구두 깔창을 선물하는 것과 동일한 사회적·문화적 위치를 갖게 된다면 출판사들은 문을 닫을 수밖에 없다. 그리고 일자리를 잃게 되는 것은 비단 선물용 책의 저자들에게만 국한된 이야기는 아닐 것이다.

이는 당연한 이야기다. 게다가 선물하는 과정에서 최대한 곤혹스러움을 줄일 수 있는 최상의 수단을 박탈당할 것이다. 명절 때가 되면 정신적 스트레스가 극적으로 증가하고 우울한 분위기가 전국적으로 고조되며 그 결과 국민총생산량이 바닥으로 곤두박질칠 것이다. 어떻게 될지 떠올리고 싶지도 않다! 그러니 부디 이 말을 절대 잊지 말자. "책은 선물이다."

사인된 책

문화 센터에서 낭독회가 끝나면 작가가 앉아 있는 테이블 앞에 사람들이 길게 줄을 선다. 이런 의식에 처음 참석한 사람들은 방금 동네 서점에서 구입한 책을 든 채 상당히 흥분한 표정으로 서 있다. 작가가 내게 말을 걸면 어떡하지? 정확히 누구를 위해 사인해야 하냐고 질문하면 어쩌지? 웃음거리가 되지 않으려면 뭐라고 말해야 할까?

반면에 이 방면의 전문가들은 '조금도' 초조해하지 않는다. 그들은 집에 있는 작가의 모든 책을 가져온다. 그리고 본인 차례가 되면 대부분 이미 책을 적절한 위치에 펼쳐놓은 다음, 작가가 질문하기도 전에 개인적인 요구 사항을 말한다. "이름하고 날짜만 써주세요! 장소는 쓰지 마시고요, 괜찮으시면 이 펜으로 써주세요!"

물론 작가는 낭독회가 끝나고 책에 사인을 해줄 의사가 있느냐는 질문을 사회자에게 미리 받았다. 그는 그렇다고 친절히 대답했다. 난감해지지 않으려면 다른 무슨 말이 필요하겠는가?

생판 모르는 한 낭독회 참석자를 위해 처음으로 내 책에 사인을 해주게 되었을 때(1991년 3월 18일 프랑크푸르트에 있는 추억의 콜Kohl 서점에서였다) 나는 가슴이 터질 듯 뿌듯했다. 사인된 책! 이것이 무얼 의미하는지 너무나 잘 알고 있었기 때문이다. 나 역시 오랫동안 헌책뿐만 아니라 (나를 재정적으로 더 파멸시킬) 사인된 책들도 수집했다. 아니, 더 정확하게 표현하자면 수집하려고 '시도했다.' 고서점의 목록에 올라 있는 것은 값이 비쌌고 사인된 책이 벼룩시장으로 흘러나오는 경우는 극히 드물었기 때문이다. 고서점에서 그런 책들을 구하기는 갈수록 어려워졌다.

내가 소장하고 있는 책들 가운데 최고의 보물은 페터 알텐베르크의 《내가 그것을 보듯》 초판본과 카를 크라우스*가 수집했던 알텐베르크의 선집 중 한 권이었다(그리고 지금도 여전히 그렇다). 첫 번째 책에는 작가가 미지의 여인

---

* 카를 크라우스Karl Kraus(1874~1936). 오스트리아의 풍자가, 격언가, 극작가, 시인, 수필가, 저널리스트, 소설가. 젊은 시절에 페터 알텐베르크와 친분을 맺은 후 평생 친구로 지냈다.

에게 바친 자필 헌사가 길게 쓰여 있고, 두 번째 책은 작가가 라이너 마리아 릴케의 후원자였던 마리 도브르젠스키 Mary Dobržensky에게 헌정한 책이다. 내가 당시 이 책들을 구입하려고 돈을 마련한 과정은 그 자체로 하나의 긴 이야기다. 여기에서 이 모든 것을 언급하는 이유는, 1991년 3월 18일이 되어서야 내가 작가의 짤막한 자필 글귀를 소유하고 싶어 하는 사람들의 심리를 정확히 이해하게 됐다는 이야기를 하고 싶어서다.

하지만 나 자신이 직접 많은 책에 사인을 하고 난 지금, 이런 의문이 고개를 든다. 내가 '정말' 그 심리를 알고 있을까?

물론 사인된 책은 우선적으로 공인된 수집 대상이다. 사인된 책을 헌책방에서 구입한 뒤 우표, 도시 풍경이 그려진 석판화, 은으로 제작한 작은 코끼리나 사자 장식품 같은 물건들 옆에 보관할 수 있다. 작가의 유명세가 높아질수록 아마 사인된 책의 가치도 더불어 상승할 것이다. 그렇다면 성공한 투자이다. 작가의 낭독회가 끝나고 사인을 받으면, 소매가격으로 구입한 책에 근사한 추억까지 덤으로 받는 셈이다.

예를 들어 나는 페터 빅셀*의 얇은 산문집 《사실 블룸 부인은 우유 배달부를 알고 싶어 한다》(1974년 개정판 10쇄)를 한 권 소장하고 있다. 나는 고향 도시에서 빅셀의 낭독회에 참석했는데, 사인을 받을 때 이 책에 실린 단편 〈동물 애호가〉로 고등학교 졸업 과제를 썼다고 그에게 말했다. 빅셀은 내 말을 잘못 알아듣고는 사인을 받으려고 내민 내 책에 사과하는 의미의 문장을 써주었다. 사실 〈동물 애호가〉에 대한 내 해석은 좋은 성적을 받았으며 대학에서 문학을 전공하게 된 결정적인 토대가 되었다. 그러나 내 뒤로 길게 줄을 선 사람들 때문에 이 모든 사실을 빅셀에게 설명할 기회를 얻지 못했다. 이런 오해에도 불구하고, 혹은 바로 이 오해 때문에 그 작은 책은 '아름다운 추억'으로 남아 있다.

그러나 사인된 책은 도서 소장 목록에 단순히 한 권 더 추가되거나 추억을 되살려내는 물건에 그치지 않을 수도 있다. 혹시 사인된 책의 배후에는 더 많은 것이 숨어 있지 않을까? 책과 관련된 곳에서, 나는 확신할 순 없지만 '그렇

* 페터 빅셀Peter Bichsel(1935~). 스위스의 저널리스트이자 작가. 현대 독일어권 문학의 거장으로 평가받으며, 대표작으로 《책상은 책상이다》가 있다.

다'고 대답하고 싶다.

500년 전 인쇄된 책이 출현할 때까지 책은 손으로 쓰였다. 모든 책이 유일무이한 원본이었으며 한눈에 알아볼 수 있었다. 그러나 구텐베르크 이후부터 지금까지는 일반적으로 같은 책을 여러 번 찍어 계속 보급한다. 우리 중 누군가에게 텍스트와 육필 간의 잃어버린 일체감을 향한 격렬한 갈망이 남아 있다고 말할 수 있을까? 그게 가능할까? 어쨌든 최초로 제작된 활자들은 새로운 매체의 수용 가능성을 높이기 위해 중세 필경사들의 필체를 모방했다. 그래서 500년이 지난 지금도 인쇄술과 책의 대량 재생산을 통해 텍스트가 저자로부터 멀어지지 않는 것일지 모른다. 그리고 그럼으로써 텍스트는 본연의 신비로움을 간직한다. 중요한 책의 원고들은 문서고와 도서관에 보관되고 성유물聖遺物처럼 전시된다. 문예 학자들은 혹시 인쇄 과정에서 소실된 무언가를 찾아낼 수 있지 않을까 하는 기대를 품고 원고들을 거듭 연구한다.

문화 센터에서 개최되는 작가 낭독회는 텍스트의 신비로운 분위기, 특이성에 대한 독자들의 갈망을 조금이나마 충족시켜주려는 목적을 가지고 있을 것이다. 작가의 현존, 즉 최초로 텍스트를 나지막이 읽었던 작가의 생각 속 목소리와 일치할 가능성이 높은 작가의 육성, 그리고 마침내는 집으로 가져가서 보관할 수 있는 면지나 표제지에 쓰인 작가의 필체. 이 모든 것이 술수일지도 모른다. 그러나 그 술수는 성공한다. 대량 생산된 책이 서명을 통해 (적어도 상징적으로는) 유일무이한 원본으로 변신한다. 그 텍스트는 아무리 많이 복제된다 해도 지금도 그리고 앞으로도 영원히 유일무이한 원본으로 남아 있을 것이다.

독점된 책

내가 벼룩시장에서 발견한 책들 중에는 약간 기묘한 느낌이 드는 책이 있었다. 누군가가 항상 어떤 식으로든 개인적으로 독점한 책들이었다. 이것을 더 적절하게 표현할 수는 없으니 예를 하나 들어보겠다. 한스 카로사*의 책 면지에서 나는 이런 글귀를 발견했다. "사랑하는 발터에게. 1959년 4월 19일을 감사하는 마음으로 기억하며. 엘리자베트." 이것은 다만 몇 마디에 지나지 않으며, 그마저도 책을 읽는 데 전혀 방해되지 않는 곳에 쓰여 있다. 그런데도 방해된다!

그런 책을 손에 들면 내가 전혀 알지 못하고 또 앞으로도 결코 알게 될 일 없는 발터와 엘리자베트 같은 사람들의 일상과 꿈과 계획들의 기록까지 더해진 기분이 든다. 또 그

---

* 한스 카로사Hans Carossa(1878~1956). 독일의 의사이자 시인, 소설가. 괴테의 휴머니즘을 충실하게 계승한 작가로 평가받는다. 자전 소설이자 대표작인 《유년 시절》을 통해 독일 자전 문학에 크게 기여했다.

들이 실제로 책을 어느 하루 또는 하나의 맹세, 한 번의 키스에 묶어버린 게 아닌가 하는 생각도 든다. 심지어 그들은 텍스트 안에 수십 년 동안 지속될 통일체를 실제로 만들어 넣었을지도 모른다. 바로 맹세와 키스로서 그들 각자에게 살아남은 책 말이다.

때로는 면지나 표제지에 이름과 날짜만 쓰여 있는 경우도 있다. 누군가가 그렇게 자신의 소유권을 기록한 것이다. 이런 행태는 기물 훼손 행위로 간주되어 다음 소유주에게 타격을 줄 수 있다. 그럼에도 그런 사람을 너그럽게 용서해줘야 한다. 그것은 '그의' 생각이 아니었다. 그는 다만 옛 관습을 따랐을 뿐이다.

예전에는 책이 귀하고 값비쌌기 때문에 이름을 기입하거나 장서표를 붙임으로써 도난당하거나 강탈되는 것을 방지하려 했다. 아니면 도난당하거나 강탈된 후에 최소한 회수할 기회를 확보하려는 목적도 있었을 것이다. 옛날처럼 책이 아주 비싸지 않았던 (그렇다고 아주 저렴하지도 않았던) 시대에도 소유권 표시는 합리적인 것이었다. 여전히 수많은 책들이 여기저기에 널려 있거나 빌려주거나 잊히거나 분실됐기 때문이다.

어쩌면 책 주인은 표지에 이름과 날짜를 기입하는 행위를 통해 독자로서 책에 참여하는 것일 수도 있다. 말하자면 '책'이라는 의사소통 행위를 성공적으로 종결짓는 것이다. 누군가가 펜을 들어 책에 이름과 날짜를 기입할 때는 그가 의도했던 일이 마침내 완수되었음을 알리는 것이다.

〈작가: 토마스 만. 텍스트: 마의 산. 독자: 빌프리트 슈마허. 독서 시작: 1981년 7월 23일.〉

그러므로 소유권 기재는 두 가지 다른 사실을 말한다. 첫째, "이 책에 손대지 마시오!" 둘째, "이 책을 잃어버린 주인에게 돌려주시오!" 이와 동시에 누군가가 책에 서명을 하고 날짜를 기록함으로써 최소한 '이 책'은 자신의 목적을 성취했음을 입증한다. 실제로 살아 숨 쉬는 독자와 마주치는 데 성공한 것이다. 그 모든 지독했던 고군분투가 아주 헛된 것은 아니었다.

빌린 책

이미 잘 알려진 사실을 반복하는 것의 위험성을 무릅쓰고 말하자면, 우리는 책을 읽으려고 소유해서는 안 된다. 어떤 측면에서 책은 일종의 공공 자산이다. 이 말은 도서관의 장서에만 해당되는 것은 아니다. 사적인 영역에서도 책은 특별한 위치를 차지한다. 가령 우리는 도자기 그릇 세트나 잔디 깎는 기계를 한 번 빌리기 전에 책을 열 번쯤 빌려달라고 부탁했을 수도 있다(특별히 수집한 소장품이 아니라면 말이다!). 보기에 따라서는 도자기 그릇 세트나 잔디 깎는 기계가 책보다 더 친밀한 소유물이다. 왜냐하면 텍스트 자체가 아니라 오직 책이라는 형태로 된 종이만이 책 주인의 소유라고 (암묵적으로) 이해되기 때문이다. 그뿐 아니라 책 주인이 골라준 책을 빌리면 그를 우쭐하게 해줄 수도 있다.

그런데도 책을 빌리고 빌려주는 것은 극히 미묘한 일이다. 첫영성체를 기념하기 위한 도자기 그릇 세트가 필요할 수도 있고, 내가 가진 잔디 깎는 기계가 수리 중이면 다른 기계를 빌려야 할 수도 있다. 그러므로 이것들을 빌릴 때는 돌려줄 시점을 확실하게 정할 수 있다. 책의 경우라면 이야기가 달라진다. 독서는 가족 잔치도 아니고 정원일도 아니기 때문이다. 독서는 뒤로 미뤄질 수도 있고 중단될 수도 있다. 독서는 지연되거나 처음부터 뜻대로 되지 않을 수도 있다. 그래서 책을 빌려주는 사람도 웬만하면 이렇게 말한다. "서두를 거 없어요! 다 읽으면 돌려주세요."

이것은 좋은 뜻에서 하는 말이다. 그러나 이 말 때문에 운명은 예정된 방향으로 나아간다. 빌린 책을 긴 의자에서 조금 멀찍이 밀어놓기만 해도 그 책은 빌린 사람의 영혼을 무겁게 짓누른다. 내면의 시곗바늘이 큰 소리로 째깍거리기 시작한다. '너는 책을 돌려줘야 해.' 반대로 어떤 사람은 책 때문에 절대 서두르지도, 자신을 재촉하지도 않는다. 그런 경우 어떻게 될까? 이때 책을 읽지 않은 채로 돌려주는 것은 해결책이 아니다. 책을 빌린 사람은 첫째로 아무 이유 없이 책을 빌려달라고 부탁했음을 인정해야 하고, 둘째로 책을 빌려준 사람을 고루한 사람으로 평가해야 하기 때문이다. 책을 빌려준 사람도 곤란해지기는 마찬가지다. 그는 책을 아직 돌려받지 못해서 기분이 상했을 수도 있다. 그런데도 소심한 사람으로 보이고 싶지 않아서 일부러 책의 안부를 묻지 않는다. 어쨌든 본인 스스로 이렇게 말하지 않았던가! "서두를 거 없다니까요!"

그래서 수많은 빌린 책들이 '아직도 읽히지 못한' 중간 세계에 갇힌 채 몇 주, 몇 달, 몇 년을 보낸다. 아직은 읽지 않았지만 곧 읽을 거야. 아직 돌려주지 않았지만 (젠장) 곧 읽고 돌려줄게. 약속할게. 최악의 경우 빌린 책이 너무 어려워서 읽지 못할 수도 있다. 그러면 책이 곤란한 상황을 상기시키지 못하도록 가급적 눈에 띄지 않는 곳으로 멀리 치워야 할 것이다. 어쩌면 책이 이삿짐에 실려 도시를, 나라를, 대륙을 떠날 수도 있다. 결국 책을 빌린 사람은 양심의 가책을 견디지 못하거나 또는 순전히 건망증에서 그 책을 자신의 소지품 목록에서 제외한다. 좀 더 세월이 지나면 빌린 책은 책을 빌려준 사람과 빌린 사람보다 더 오래 살아남는다. 그러다 마침내 다시 팔리게 되면 (벼룩시장에서 단돈 1페니히에 팔릴지라도) 책에 씌워졌던 오명과 낙인은 지워질 것이다. 이제 드디어, 책은 다시 읽힐 수 있다.

누군가가 그 책을 빌릴 때까지.

분실된 책

책도 엄연한 물건인 탓에 분실될 수 있다. 이런 불상사는 여행 중에 곧잘 일어나고 그 때문에 여행을 망치기도 한다. 어쨌든 내 경우만 보더라도 갈아탄 고속 열차가 출발한 후 방금 내린 열차에 책을 두고 내린 걸 깨달았을 때만큼 절망 스러운 적이 없었던 것 같다. 그러자 갑자기 여행 동반자들 중에서 가장 끔찍한 동반자인 지루함이 내 곁을 떠나지 않 겠다고 위협했다. 이런 위협은 실패하지도 않아서, 나의 여 행은 예상했던 것보다 적어도 서너 배는 더 지루해졌다.

책은 집 안에서도 분실된다. 그것도 책이 원래 있어야 할 곳, 즉 책장에서 가장 잘 사라진다. 장서가 많을수록 책이 엉뚱한 곳에 있을 가능성이 많아진다. 에드거 앨런 포의 단 편 〈도난당한 편지〉* 이래 우리는 종이가 종이들 속에 가장 잘 숨는다는 걸 알고 있다.

그러므로 분실된 책에 관한 문제는 대형 도서관에서 더

욱 심각해진다. 나는 대학에서 근무하는 동안 1년에 한 번 연구소 도서관의 검열 작업에 참여했다. 내 소박한 임무는 장서들을 원래의 분류 번호 순서대로 다시 정돈하는 것이었다. 그럴 때마다 책들이 행방불명됐다는 사실뿐만 아니라 수백 권이 전혀 엉뚱한 곳에 꽂혀 있다는 사실도 밝혀졌다. 우리 모두는 그 이유를 알고 있었다. 학생들이 자신만 계속 그 책을 보려고 의도적으로 다른 자리에 꽂아둔 것이었다. 충분히 이해는 가지만 야비한 행동이었다.

잃어버린 책은 여행 분위기를 망치는 것보다 훨씬 더 심각한 곤경을 야기할 수 있다. 세미나 준비를 위한 텍스트를 구할 수 없고, 프레젠테이션을 위한 공식과 숫자가 들어 있는 안내서가 제자리에 없고, 저녁 요리 조리법을 알려줄 요리책을 아무리 찾아도 없을 때, 우리는 이미 곤경에 처한다. 단시간 내에 분실된 책의 대체재를 찾을 수 없고, 어쩌면 아예 대체할 수 없을지도 모르기 때문이다.

* 탐정 뒤팽이 잃어버린 편지를 찾아달라는 귀부인의 부탁을 받고 이를 해결해준다는 내용의 추리 소설. 용의자는 훔친 편지를 은밀한 장소에 숨기는 대신 편지꽂이 위에 몇 장의 명함 등과 함께 대수롭지 않은 편지인 듯 꽂아두었다.

책을 잃어버리는 것에 대한 개인적 두려움과는 별개로, 집단적 두려움도 존재한다. 집단적 두려움이 항상 너무 강력했기에 책의 실종은 위험성을 경고하는 신화들 중에서도 가장 높은 곳에 위치하는 듯하다. 가령 도서관의 장서가 분실되는 것은 그 자체로 문화 상실의 중요한 메타포이다. 알렉산드리아 도서관**이 파괴됐을 때는 고대의 지식도 뿔뿔이 흩어졌다. 그뿐만이 아니다. 얼마나 많은 문학 작품들이 사라진 책을 소재로 명맥을 유지하는가! 움베르토 에코의 《장미의 이름》만 봐도 이는 너무나 자명하다.

책을 잃어버릴지도 모른다는 이런 불안은 문화의 성취가 보편적이지도 않을뿐더러 전적으로 안전하지도 않다는 슬픈 확신을 더욱 분명하게 해주는 것 같다. 오히려 문화적 산물은 특정 전달자와 결부되어 있고 그들 각각의 운명과 같은 길을 간다. 최악의 경우에는 문화적 산물이 하나도 남지 못할 것이다. 집단적인 기억은 남아 있겠지만, 그 기억

** 기원전 3세기경 이집트 알렉산드리아에 건립되었으며, 고대에 가장 크고 영향력 있는 도서관이었다고 전해진다. 플루타르코스의 저작에 따르면 기원전 48년 알렉산드리아를 방문한 카이사르가 실수로 이 도서관을 불태웠다고 한다. 2002년 현대식 알렉산드리아 도서관이 같은 자리에 개관했다.

은 구멍이 숭숭 뚫려 있는 데다가 망각의 위험으로부터 안전하지도 않다. 텍스트가 책을 필요로 하듯, 정신은 정신을 담을 그릇을 필요로 한다. 한 권의 책이 분실되거나 파괴됐을 때 그 자리를 메울 수 있는 더 많은 '책들'이 있다면 더욱더 좋을 것이다.

훔친 책

내가 대학에 입학할 당시만 해도 서점에서 책을 훔치는 행위는 독립심을 가진 개인이 되기 위한 일종의 성인식처럼 여겨졌다. 텍스트에는 저작권이 통용되지 않는다고 여기는 무리들도 있었다. 텍스트가 실제 일상생활에서 대부분의 상품이나 개인 소유물과 같은 것으로서, 즉 책이라는 형태로서 존재한다는 사실은 자본주의 체제의 지배 전략이라고 여겨졌다. 이는 곧 불복종 저항, 심지어 기물 훼손 행위로 맞서는 것이 언제든지 가능할 수 있음을 의미했다.

그때 나도 딱 한 번 책을 훔쳤다. 늦어도 한참 늦은 사춘기의 담력 테스트였던 탓에, 그야말로 부질없고 유치한 행동이었다. 목표는 오랫동안 금서였다가 재출간된 지 얼마 안 된 클라우스 만의 소설 《메피스토》였다. 때마침 서점 입구 근처에 무더기로 쌓여 있던 그 책은 내 엉터리 성인식을 위한 최적의 사냥감으로 보였다.

나는 책을 훔치는 데는 성공했지만 이내 엄청난 정신적 고통에 시달렸다. 나는 그처럼 말도 안 되는 행위를 속죄할 수 있기를 기대하는 마음으로 즉시 그 소설을 읽었다. 당연하게도 그건 허튼 생각이었다. 또 나는 같은 책을 새로 한 권 사서 영수증을 받은 다음 거의 줄어들지 않은 책 더미 위에 새로 산 책을 올려둔 채 서점을 나왔다. 그럼으로써 나는 행동하는 자본주의 비판가가 되어보겠다며 저질렀던 나의 추태를 수습하려 했다.

시간이 흐른 뒤 나는 책을 수집하는 나날들을 보내다가 절도에 대해 진지하게 숙고하는 상황에 거듭 직면했다. 내 책장에, 내 책들에 너무 잘 어울릴 것 같아서 (그곳 말고는 다른 어디에도 어울릴 것 같지 않아서!) 범법 행위마저 합당하게 여겨지는 책들이 있었다. 기존의 소유 관계가 완전히 부당한 것처럼 느껴졌다. 그것은 대개 정치적이거나 사회적인 관점 때문이 아니라 책에 대한 나의 개인적 권리가 헌책방 주인이나 공공 도서관의 필요보다 훨씬 더 실질적이고 건실한 듯 여겨졌기 때문이다. 실제로 내 욕망이 붙잡힐지 모른다는 두려움보다 컸던 적이 딱 한 번 있었다. 그 내막은 누구도 내게서 알아내지 못할 것이다.

책 도둑은 매력적이지만 이율배반적인 캐릭터이다. 책 도둑은 다른 사람의 것을 빼앗는다. 결단코 해서는 안 되는 행동이다. 그 결과가 어떻게 될 것인가! 다른 한편으로 책 도둑은 도둑들 중에서도 지성인, 정신세계의 로빈 후드이다. 그들은 책의 세계가 단지 상품과 소유주의 관계로만 이루어지는 것이 아니라 좀 더 다양하고 합법적인 관계들, 독자의 진정한 필요와 내적 자질에 따라 책이 분배되는 이상적인 관계가 정립되기를 소망한다. 비록 그런 일이 '어떻게' 일어나게 될지 상상하기 어렵다 해도 말이다.

그러나 나 자신이 작가가 된 후로는 책 도둑에 대해 품고 있던 낭만적인 감정에서 거의 벗어났다. 내 책을 훔치는 사람은 내 노고를 얕잡아보거나 내 노고의 결과물로 부당 이익을 취하고 내 공적을 깎아내린다. 수백 년의 세월에 걸쳐 우리는 적어도 글쓰기로 생계를 유지할 수 있는 가능성을 갖춘 문화적이고 경제적인 체제를 발전시켰다. '지적 재산'이라는 개념과 이를 보호하기 위한 법률이 없었더라면 그것은 완전히 불가능했을 것이다. 그러므로 이 점은 이대로 유지되어야 한다. 이게 가능하려면 지적 재산을 훔치는 절도 행위도 중단되어야만 한다.

이와 동시에 책은 최소한 어느 정도는 도난 방지 기능을 갖는다. 즉 책은 절도와 표절로부터 텍스트를 완벽하게 보호해주지는 못하지만 텍스트에 부여된 공공성, 책이라는 공인된 형태로 인해 약탈 그 자체를 보다 분명하게 인식할 수 있도록 도와준다. 이 책의 서두에서 나는 책이 텍스트의 세계에서 집이라고 말했다. 이 말을 좀 더 확장하고 싶다. 책은 텍스트의 집이면서 증명서이기도 하다. 책은 소유 관계를 분명하게 밝혀주고 신뢰할 수 있는 형태를 보장한다.

온갖 법적 규제에도 불구하고 텍스트를 약탈하는 일은 아직도 계속 발생한다. 가장 주목을 끌었던 경우는 1970년 베를린의 학생들이 아르노 슈미트의 소설 《체텔의 꿈》*의 해적판을 찍어낸 일이었다. 이처럼 텍스트를 유포하는 행

---

* 아르노 슈미트 Arno Schmidt(1914~1979)는 독일의 작가이자 번역가이다. 그의 작품은 번역하기가 너무 까다로워서 독일어를 사용하지 않는 나라들에는 거의 알려지지 못했지만 비평가와 작가들은 20세기에 가장 중요한 독일어 작가 중 하나라고 평가한다. 난해하기로 유명한 그의 대작 《체텔의 꿈 Zettels Traum》(1970)은 1,334페이지에 달하는 장편소설로 제임스 조이스의 《피네간의 경야》에 영향을 받아 의식의 흐름 기법으로 쓰였다. 미국에서는 2016년에야 《바텀의 꿈 Bottom's Dream》이라는 제목으로 번역·출간되었는데, 이 번역판 또한 1,496쪽에 무게는 5.9킬로그램에 달한다. '바텀'은 셰익스피어의 희곡 《한여름 밤의 꿈》의 등장인물이다.

위는 그 무렵에 종종 있었던 일로, 사회적 행동으로서 타당성을 폭넓게 인정받았다. 그 책의 원본 가격은 300마르크가 넘었지만 해적판은 100마르크도 안 됐다. 그러나 형편이 어려웠던 작가의 수입을 위협한 탓에 그 행동은 '결코' 사회적 행동이 될 수 없었다. 시간이 지날수록 해적판이 공식 판본의 판매량을 떨어뜨렸기 때문이다.

일반적으로 해적판은 책의 전체 또는 일부를 복사하는 방식으로 만들어지며, 특히 학생들 사이에서는 이런 행위가 극히 당연하게 여겨진다. 독일에서는 복사기 제조 및 설치 업체들로부터 받은 기부금으로 기금을 조성하여 작가에게 해적판에 대한 보상을 해주려는 최소한의 노력을 기울인다. 그러나 기술의 진보로 인해 책의 복제를 통제하기는 점점 더 어려워지고 있다. 사실상 스마트폰만 있으면 누구나 해적판을 주머니에 넣고 다닐 수 있게 되는 셈이니까. 디지털 텍스트를 보호하는 것이 얼마나 어려운지, 훔치는 것은 또 얼마나 쉬운지에 대해서는 새삼스레 말하고 싶지 않다.

두고 간 책

15년 전부터 우리 가족은 늘 같은 별장을 빌려서 휴가를 보낸다. 그 집에는 거대한 벽장이 하나 있는데, 원래는 유리잔과 그릇을 보관하는 곳이지만 휴가객들이 가져왔다가 두고 간 책들도 꽂혀 있다. 세월이 흐르는 동안 나도 그 책들이 늘어나는 데 적잖이 기여했다. 이 우연의 도서관에서 나는 지금까지 예닐곱 권의 책을 손에 잡히는 대로 읽었다. 거기에 없었더라면 내 독서 목록에 오르지 못했을 책들이었다. 그중 두 권을 예로 들면, 독일의 스파이이자 반 히틀러 운동을 펼친 빌헬름 카나리스Wilhelm Canaris 제독의 전기 그리고 에릭 말패스*의 소설 《아침 일곱 시》가 있다. 나는 이 소설을 소년 시절에 읽었지만 그 후로 완전히 잊고

* 에릭 말패스Eric Malpass(1910~1996). 영국의 소설가. 시골 가족의 삶을 해학적이고 재치 있게 그려낸 작품들을 주로 발표했다. 유럽 전역, 특히 그의 작품 대부분이 번역된 독일에서 큰 인기를 끌었다.

있었다.

예전에는 여객선, 특히 작은 여객선에 승객들이 두고 내린 책으로 이루어진 선상 도서관이 있었다는 말을 들은 적이 있다. 마저 읽지 못한 책은 가져갈 수도 있었는데, 그 대신 다른 책을 두고 가면 되었다는 것이다. 당시 이런 선상 도서관에는 요즘 표현으로 국제적 베스트셀러들이 저절로 가득 찼다고 한다.

내 경험상 오늘날에는 호텔이나 펜션에서 사람들이 두고 간 책들을 찾아볼 수 없다. 관리인들이 (그들 표현에 따르면) 위생적인 이유에서 전부 폐기한다는 말을 들었기 때문이다. 하지만 베를린의 반제 호숫가에 있는 문학 콜로키움[**] 같은 작가들의 거주지나 게스트 하우스는 예외였고 지금도 여전히 예외이다.

오래 머물든 짧게 머물든 그곳 객실에 숙박을 하는 사람들은 단순히 여흥만을 위해서 책을 읽지 않는다. 이 말은 그들이 읽은 책을 일반적으로 책장 어딘가에 두고 가는 것

[**] 베를린 문학 콜로키움Literarisches Colloquium Berlin은 1963년에 설립된 문학 센터로, 베를린을 방문한 전 세계의 작가, 출판사, 기자들이 모두 모여드는 곳이다.

이 아니라 집에 소장한다는 뜻이다. 그런 사람들이 책을 두고 감으로써 책과 결별한다면, 그것은 책에 대한 가차 없는 혹평이라고 해석해야 하지 않을까?

나는 반제 호숫가에 묵을 때마다 늘 그런 질문을 던졌다. 그곳의 객실에 모여 있는 책들은 극히 이질적이었으며, 국제적 베스트셀러나 신문 문예란에서 호평을 받은 책들과 전혀 무관했다. 내가 모르는, 그야말로 이름조차 들어보지도 못한 작가와 책이 얼마나 많은지 그럴 때마다 깜짝깜짝 놀라곤 했다.

나는 한 번도 그런 게스트 하우스 도서관에서 읽은 책들에 매료된 적이 없음을 인정한다. 그러나 그런 책들은 겸손함을 길러준다. 그 책들은 이렇게 말하는 듯하다.

"이보게 작가 양반, 하늘과 땅 사이에는 당신이 당신의 세계 속에서 꿈꿨던 것보다 훨씬 더 많은 책들이 있다네."

책의 우주는 광대할 뿐 아니라 끊임없이 확장되고 있다. 유명해지고, 소중히 여겨지고, 호평받고, 과장되고, 영화화된 수십 수백 권의 책이 평온한 삶, 심지어는 침묵하고 보이지 않는 삶을 영위한다. 그 책들의 존재를 모른다면, 그 책들을 찾으려 하지 않는다면, 절대로 마주칠 수 없는 책들이 있다. 우연히 그런 숙소에서 잠 못 이루는 밤을 보내는 일이 생기지만 않는다면 말이다.

버린 책

나는 15년 가까이 상당히 널찍한 지하실 공간을 쓸 수 있었다. 솔직히 그 공간이 꼭 필요한 것은 아니었으므로 그냥 비워둘 수도 있었을 것이다. 하지만 그러지 않았다. 그 대신 내가 실제로 더 이상 사용하지 않음에도 내다 버리고 싶지 않거나 누군가에게 주고 싶지 않은 물건들을 채워 넣기 시작했다. 그뿐만이 아니다. 지하실은 정말로 필요한 것인지 마음속 깊이 확신이 서지 않는 물건들을 끌어오도록 나에게 끊임없이 용기를 불어넣어 주었다(아니, 유혹했다는 말이 더 맞을지도 모르겠다). "괜찮아!" 지하실은 말했다. 내 열정이 사그라들면 지하실은 재빨리 모든 것을 빨아들여 나를 안도케 해주었다. 보이지 않으면 마음도 멀어지기 마련이다. 이런 상황이 계속됐고, 해를 거듭할수록 지하실에는 잡동사니가 폭발적으로 늘어났다.

당연하게도, 지하실에는 책도 쌓여 있었다. 집 안 거실이나 집필실에 있는 책장이 가득 찰 때마다 나는 책 몇 권을 지하실에 가져다 놓았다. 그중에는 이미 읽었지만 굳이 옆에 두고 싶지 않았던 책도 있었고, 가까운 시일 내에 아니 어쩌면 영원히 읽지 않을 거라고 예상되는 책들도 있었다. 시간이 더 흐르자 학창 시절의 전공 서적들, 잡지사에 서평을 보내려고 읽었던 비즈니스 서적들, 잘못 산 헌책들, 복사본들, 서평용 증정본들, 마음에 안 들었던 선물받은 책들이 모조리 지하실로 내려갔다. 이른바 이 부정적 소장품들은 결국 (개인 장서를 가늠하는 기준인) 이케아 빌리 책장 세 개 분량에 이르렀다.

그 책들을 지하실에 보관하는 것 말고 다른 방법은 결코 떠올리지 못했을 것이다. 지하실은 낡아서 못 쓰게 되거나 딱히 쓸모없는 물건들을 위한 최적의 보호소였다. 그런 탓에 나는 시간이 흐를수록 지하실이 서서히 위협적이고 우울한 장소로 변모하는 것을 감수해야 했다. 급기야는 그 모든 실망과 그릇된 결정을 마주하는 게 두려워서 몇 주 이상 지하실을 찾지 않기도 했다. 자신의 실패가 체계적으로 분류되어 있는 박물관을 선뜻 찾아갈 사람이 어디 있겠는가?

그러다 어느 날 물이 습격했다. 9월 11일이었다. 물은 위쪽이 아니라 아래쪽에서 덮쳤다. 어느 맑은 날, 지하수 펌프가 아무런 이유 없이 오작동을 일으켜 지하실을 물바다로 만들었다. 참으로 민주적이게도 물은 모든 것을 공평하게 덮쳤다. 지하실에 새로 도착해서 분류되기를 기다리고 있던 책장 아랫단의 상자 몇 개도 당연히 포함되었다.

평소 같았으면 나는 당연히 분노했을 것이다. 불행한 장서로 분류된 탓에 발생한 피해가 그 추방당한 책들과 나의 화해를 이끌어냈을 가능성도 있다. 그러나 지하실에 물이 차기 일주일 전쯤 나는 이사하기로 결정했고, 그로부터 줄곧 나는 지하실에 보관 중인 책들 대부분과 이별할 것임을 알고 있었다.

무엇 때문에 이 모든 이야기를 늘어놓는 걸까? 나 자신에게 핑계를 대고 싶어서, 아니 이런 상황을 묘사함으로써 내가 저지른 잘못을 축소하려 한다는 말이 더 낫겠다. "네, 판사님. 지하실에 물이 차고 나서 몇 주 후 저는 그곳에 보관했던 책들 중 몇 권을 버렸음을 시인합니다." 다시 말해서 나는 내 은총의 공간에 거주하던 주민들을 살해하고 말았다.

그 일은 전혀 쉽지 않았다. 물에 젖어 곰팡이가 피기 시작한 책일지라도 버리는 건 고통스러웠다. 나는 책들이 그런 상태여서 솔직히 고마웠다. 그런 상태는 내 행위를 변명할 수 있는 기회를 제공했다. 반면에 훼손되지 않은 책을 버리는 것은 그야말로 신성 모독처럼 느껴졌다.

이제 나는 나의 원죄를 회피할 수 있는 이유를 언제든지 쏟아낼 수 있다. 예를 들어 이런 것이다. 내가 가격을 불문하고 장서를 처분하려 했을 때 고서점 주인은 고맙지만 필요 없다고 거절했다. 그는 1970~1980년대 대학 전공 서적은 폐지나 다름없다고 말했다. 시립 도서관의 담당자는 전화 통화에서 내 말을 끝까지 들으려 하지도 않았다. "감사합니다, 하지만 우리는 출간된 지 4년 이내의 책만 기부 받아요." 자선 행사의 일환으로 벼룩시장을 개최한 동물 보호 시설조차도 아동 도서와 추리 소설에만 관심을 보였다. 게다가 그때 마침 우리는 이사를 한 터였다. 나는 이런저런 물건들을 사람들에게 넘겨주었고, 책들에게 새 주인을 찾아줄 시간도 마음의 여유도 없었다.

"하지만 존경하는 판사님! 저는 제 변명하는 말투가 판사님에게 얼마나 공허하게 들릴지 알고 있습니다. 반려동물이 주인을 물거나 끔찍하게 방해된다고 해서 내다 버리는 걸 판사님은 허락하지 않으시겠지요. 그리고 책에 대해서도 마찬가지일 것입니다." 이것은 분명하다! 동물과 책을 곁에 둘 수 없으면, 어떤 식으로든 방법을 생각해내야 한다. 우리는, 우리의 모든 문화는 동물과 책에 빚을 지고 있다. 내가 청소 도우미, 책 세계의 사체 처리 인부를 불렀을 때 바로 그들에게 죄를 지은 셈이었다.

사태는 더 악화되었다. 필요 없는 가재도구를 정리하고 이사가 거의 끝나갈 무렵, 그러니까 이미 범행을 저지른 후 나는 물에 젖지 않은 지하실 한쪽 구석에서 상자 두 개를 발견했다. 그 속에 책이 들어 있으리라고는 전혀 짐작도 못했다. 나는 범행을 저지르면서 무뎌지기는커녕 더욱 예민해졌고, 그 와중에 우리 교구의 교회 입구에 책장을 갖다 놓자는 생각이 떠올랐다. 나는 책장에 온갖 분야의 책들을 채워 넣은 다음 상황을 설명하는 쪽지를 붙여 놓았다.

한 달 후 나는 책장을 회수했다. 책장은 비어 있었다. 완벽하게 텅 비어 있었다. 나는 전보다 더 심한 양심의 가책에 시달렸다. 그러니까, 방법이 있었던 것이다!

"존경하는 판사님, 제 죄를 사해주시길 간청합니다."

금지된 책

예전에는 텍스트를 통제하려면 그 텍스트가 실린 모든 책을 추적해서 폐기하면 됐다. 이것은 적어도 이론상으로는 성공할 가능성이 있었다. 예를 들어 인쇄된 책을 아직 서점에 공급하지 않았다면 압류해서 파기할 수 있었다. 모든 원고를 압수하기만 하면 최소한 당분간은 텍스트를 효과적으로 추방할 수 있었다. 그러나 《화씨 451》*의 멋진 우화는 이런 일이 불가능하지 않을지라도 실질적으로 얼마나 어려웠고 또 지금도 어려운지를 보여준다. 책이 모조리 금지된 어느 미래의 독재 체제에서 사람들은 위대한 텍스트를 보존하기 위해 암기해버린다.

* 아이작 아시모프, 아서 클라크, 로버트 하인라인 등과 함께 20세기 SF 문학의 거장으로 손꼽히는 레이 브래드버리 Ray Bradbury(1920~2012)의 대표작. 책이 금지된 가까운 미래를 배경으로 인간의 생각이 통제되는 사회에 대한 강렬한 경고 메시지를 담은 소설이다.

과거와 현재의 독재 체제에서 금지된 텍스트와 책에 대한 이야기는 수도 없이 많다. 온갖 꾀를 내고 방법을 강구해서 나라 밖으로 원고를 반출했다가 책으로 만들어 다시 몰래 반입하는 이야기. 권력자를 속이기 위해 표지와 제본을 바꾸는 이야기. 금서를 소유했다가 인생이 바뀌거나 끝장나버린 이야기.

민주주의는 모든 이들에게 표현의 자유를 보장할 것을 전제로 한다. 우리의 민주주의에서 금지된 책은 그 사회가 표현의 자유를 얼마나 진지하게 여기는지 알려주는 일종의 시금석이다. 어떤 이유에서든 또 누구에 의해서든 상관없이 금지된 책에 대한 소송은 언제나 엄청난 주목을 끈다. 그것은 서로 경쟁하는 두 개의 이해관계 사이의 갈등을 대신해서 보여주기 때문이다. 한쪽은 자유, 다른 한쪽은 보호와 안정. 한쪽은 자신이 말하고 싶은 것을 말하려 한다. 다른 한쪽은 거론되지 않은 채로 남으려 하거나 또는 국가가 그런 콘텐츠로부터 국민을 보호해야 한다고 믿는다. 특수한 사건이 아닌 경우 그와 관련된 소송에서는 항상 원칙적인 문제, 즉 공동체를 보호하는 것과 개인의 자유 중 어느 쪽으로 저울이 기울어야 할지를 놓고 고심한다.

이처럼 금지된 책에 대한 소송은 필연적으로 곤혹스럽고 끔찍하다. 개인적인 치부가 드러나고, 감정사들이 텍스트를 법조항에 따라 자의적으로 해석하며, 법조인들이 철학적인 문제로 골머리를 썩인다. 그럼에도 우리는 그런 소송과 더불어 살아야 하고 심지어는 그런 소송에 감사해야 한다. 바로 그 속에서 앞으로 우리의 민주주의적 일상생활을 좌우할 논리가 구체적인 사례로 나타날 것이기 때문이다. 이를테면 안전 보장에 대한 권리와 자유에 대한 권리 사이의 결코 완벽하게 해결될 수 없는 모순이.

학대당한 책

수포의 일종인 결절종은 대개 관절 근처에 생기며 젤라틴 같은 체액으로 채워져 있다. 결절종에 대한 전통적인 처방은 해당 부위를 성경 같은 무거운 책으로 힘껏 내리치는 것이다. 명심하라, 막대기나 망치나 둘둘 만 신문지가 아니라 책으로 내리쳐야 한다. 이 처방은 한편으로는 수포를 짜부라트려 안에 고여 있는 관절액이 몸속으로 흡수되도록 한다. 다른 한편으로는 책으로 결절종을 내리치면 다른 상처가 날 염려가 없다고 여겨졌다.

책은 결절종이 아닌 다른 것에도 적절히 압력을 가하는데 사용될 수 있다. 가령 잎을 말려 표본을 만들거나 축축하게 젖은 지폐를 매끄럽게 펴는 데도 사용될 수 있다. 책은 어쨌든 물질이고 그러므로 잠재적 도구이다. 책으로 뭔가를 받치거나 흔들거리지 못하게 하거나 창문 틈을 벌릴수도 있다. 책을 포도주잔 받침으로 사용하거나 정신 분석

요법에서처럼 머리 위에 얹고 균형 잡는 훈련을 할 수도 있다. 물론 책장을 낱낱이 뜯어내어 말로 표현하기 어려운 이런저런 일에 사용할 수도 있다.

그러나 이런 식으로 책을 사용하는 모든 방법은 그걸 직접 실행하거나 제안하거나 묵인하는 사람에게 좋지 않은 인상을 안겨준다. 책을 공구나 수선 도구로 만들면 매우 난처한 상황에 처할 수 있다. 그런 행위를 하는 사람은 괴물까지는 아니더라도 얼간이 취급을 받게 된다. 결절종의 경우에도 브로크하우스 백과사전*으로 내리치는 방법이 아닌 다른 치료법을 발견하길 바라 마지않는다.

책을 대하는 태도로 문화 전반을 대하는 의식 수준을 가늠해보려는 것은 충분히 일리가 있는 행위이다. 어떤 텍스트가 잘못되었거나 혹은 심지어 형편없다고 생각할 수 있으며 또한 그런 생각을 큰 소리로 말할 수도 있다. "저런 텍스트는 찢어버려도 돼!" 그러나 다만 은유적으로 그렇게 말할 뿐이다. 부디 존중하는 마음으로 책을 대하길 바란다.

* 《브로크하우스Brockhaus 백과사전》은 1808년부터 독일 브로크하우스 출판사가 발행하는 백과사전으로, 세계에서 가장 오래된 역사를 가지고 있다.

불살라진 책

이번 장은 짧게 마무리할 수 있다. 하인리히 하이네가 1821년에 쓴 비극《알만조르》*에서 이 주제와 관련해 거의 덧붙일 말이 없는 인상적인 문장을 남겼다.

한 장면에서 알만조르가 다음과 같이 알린다.

"흉악한 크시메네스가 / 그라나다의 시장 한복판에서— / 혀가 굳어서 말이 나오지 않는구나— / 활활 타오르는 불길 속에 코란을 던졌다고 들었노라!"

그러자 하산이 대답한다.

"그것은 전주곡일 뿐, 책들을 불태우는 곳에서 / 결국에는 사람들도 불태울 것이다."

그리고 이런 일이 똑같이 반복해서 일어났다. 이런 어처

---

* 기독교와 이슬람교의 갈등을 다룬 비극《알만조르Almansor》는 무어인들이 탄압받던 15세기 말 스페인을 배경으로 한다.

구니없고 야만적 행위의 긴 역사 속에서 하필이면 나치가 저지른 분서**가 불살라진 책의 완벽한 사례가 되었다는 것은 인류의 발전에 대한 모든 믿음에 회의를 품게 만든다. 실제로 분서는 홀로코스트의 상징적인 서곡이었으며, 하인리히 하이네의 비극에 나오는 문장이 옳다는 것을 모골이 송연할 정도로 입증했다. 그것은 100년도 채 되지 않은 일이다.

** 1933년 5월 10일 나치가 베를린에서 책을 불태운 사건을 이른다. 이때 마르크스, 마르틴 루터, 에밀 졸라, 카프카의 책을 포함해 1만 8,000여 권의 책들이 불탔다. 책이 불탔던 자리에는 나중에 하인리히 하이네의 글이 동판에 새겨졌다. "그것은 전주곡일 뿐, 책들을 불태우는 곳에서 결국에는 사람들도 불태울 것이다."

전문성에 대하여

독본

수백 년 동안 사람들의 독서 이력은 대부분 독본(여기서는 입문서, 교본 등의 뜻을 모두 포함한다.–옮긴이)과 함께 시작되었다. 초보자용 독본, 즉 읽고 쓰는 것을 배우는 책과 함께. 또한 사람들은 이 책을 통해 인쇄된 텍스트와 처음 대면했다. 많은 이들에게 독본은 생애 처음 만난 책인 동시에 '유일한' 책이었으며 지금도 그렇다. 독본은 많은 사람들에게 잊지 못할 추억으로 남아 있다. 어떤 사람들에게는 깨우침의 기억으로, 어떤 사람들에게는 고통의 기억으로.

독본은 좋은 의미에서든 나쁜 의미에서든 세뇌시킨다. 독본은 읽기를 가르치면서, 무엇보다도 미성숙과 무지와 편견에서 벗어날 수 있는 중요한 전제 조건을 제공한다. 그와 동시에 방금 처음으로 문을 연 의식의 방 안에 온갖 텍스트를 밀어 넣는다. 그중에는 깨우침과 정면으로 부딪치는 텍스트도 있다. 글을 배우자마자 어떤 기괴한 형상을 숭

배하거나 달콤한 전원시에 흠뻑 빠지는 사람들이 있다. 우리의 정신을 위해 넓은 세상을 열어놓아야 할 그 도구가 우리를 세상과 이어줄 그 길을 즉시 가로막는다.

수십 수백 년 동안 독본은 새로 글을 깨우친 사람들에 대한 주도권, 말하자면 깊은 인상을 남기는 최초의 독서물로서의 권리를 소유했고 또 그 권리를 방어했다. 독본은 규범을 만들어내고 관철시켰다. 그래서 독본에 대한 많은 격렬한 논쟁이 벌어졌다. 정치 체제가 바뀔 때마다 즉각 수정되거나 교체되었다. 독본은 싸움에 휘말리고 매도당하고 조롱받고 불살라졌다.

최근 들어 서구 사회에서 독본의 권위는 전적으로 위력을 상실했다. 이제 어디에나 텍스트가 존재한다. 아마 책이 단 한 권도 없는 집조차 인터넷을 통해 글의 세계와 연결되어 있을 것이다. 게다가 각자 고유의 방식으로 이야기를 들려주는 시청각 매체들도 있다. 심지어 이 매체들은 글을 읽지 못하는 이들에게마저도 이야기를 전해준다. 그러면서 각기 고유의 규범을 만들어내거나 아니면 규범의 이념을 일제히 해체한다.

과거에 조악한 독본이 많았던 사실을 생각하면 독본의

권위 상실을 애석해할 필요는 없다. 그러나 텍스트가 어마어마하게 넘쳐나는 상황에서 이런 책들의 카리스마 상실은 서글픈 기분에 젖게 하거나 심지어는 염려스럽기까지 하다. 어쨌든 예전에는 독본이 생애 처음으로 읽은 책이었다. 이따금 독본에 끼워 넣은 어리석은 내용을 제외하면, 그런 종류의 책들은 자립적인 미래를 위한 열쇠였고 온갖 가능성에 대한 약속이었다. 아마 독본으로 글을 배운 사람은 그 안의 소박하거나 유치하거나 과장된 텍스트조차 중요한 텍스트로, 전형적인 텍스트로 기억하고 있을 것이다. 그리고 이 독서 경험은 언어로 만들어진 세상을 최초로 체험한 멋진 사건으로 기억될 것이다. 어쨌든 독본은 감명 깊은 체험이었다. 오늘날 텍스트가 멋들어지지 않은 방식으로 우리의 삶에 슬쩍 끼어든다면 아마도 뭔가 잃어버린 듯한 느낌이 들 것이다.

사전

1838년 그림 형제는 독일어 사전을 편찬하겠다는 엄청난 계획을 실행에 옮기면서, 그 계획을 마무리 지을 수 없다는 것을 예감했을까? 처음에는 여섯 권 내지 일곱 권 분량의 사전을 출판할 예정이었다. 실제로 1961년에 이르러서야 마지막 서른두 번째 권이 세상에 모습을 드러냈다. 그러나 이 프로젝트가 제아무리 확대되고 무성하게 가지를 쳤을지라도 어쨌거나 끝이 정해져 있는 프로젝트였다. 언젠가는 알파벳 Z에서 끝이 나게 되어 있었고 실제로 그렇게 되었다.

이 모든 일은 1838년과 1961년 사이에 일어났다. 즉 사전이나 어휘집을 오로지 책으로만, 확고한 틀이 있는 유한한 텍스트 모음으로만 생각하던 시절의 일이었다. 책은 과정이 아니다. 책은 다차원적인 것, 임의로 계속될 수 있는 것, 모든 방향으로 열려 있는 것이 아니라 처음과 중간과 끝이 있는 것이다. 책은 작동하는 것이 아니라 저술된 것, 만드는 것이 아니라 만들어진 것, 움직이는 것이 아니라 고정된 물체다. 책은 동상, 그림, 집 또는 이야기에 비유할 수 있지만 강물, 춤, 군중과는 부합하지 않는다.

게다가 사전은 세계를 완전히 의도적으로 확인하고 확정지으려는 책이다. 앞표지와 뒤표지 사이에 세계를 무리하게 끼워 넣으면서 자신이 취급하는 대상의 유한함을 강조한다. 우리는 벽면을 가득 채운 사전류를 결코 전부 읽을 수 없다는 것을 잘 아는데도 왠지 바라보고 있으면 마음이 진정되는 것을 느낀다. 사전이 이렇게 말하기 때문이다. "걱정하지 마. 세상은 무겁지만 들고 다닐 수 있어. 그리고 세상이 엄청나게 넓긴 하지만, 잘 봐, 방 하나에 딱 들어맞잖아."

간단히 말해, 사전은 세상이 너무 다양하고 복잡하게 얽혀 있다고 생각하는 모든 이들에게 엄청난 위로를 선사한다. 수천 권의 백과사전이 거실 책장에서 두꺼운 등을 내보이며 사람들을 격려한다. 책머리가 서서히 먼지에 뒤덮이든 말든 상관없이.

물론 그처럼 고정되고 유한한 지식에 대한 환상은 오늘

날 더 이상 유효하지 않다는 사실을 인정해야만 한다. 많은 학문 분야에서 이제야 비로소 확정된 것이 1년 후에는 시대에 뒤처진 것이 되기 때문이다. 세상은 더 이상 사전에 적합하지 않다. 그래서 결과적으로 사전은 세상과 동떨어진다.

수년간 나는 개인적으로 로볼트Rowohlt 출판사에서 간행한 (여섯 권짜리)《로로로 영화 백과사전》을 사용했다. 그 백과사전은 내 집필실 책상에서 손에 닿는 자리에 있었다. 나는 개별 항목들에 추가로 참고문헌을 메모했으며 배우와 감독의 사망 일시도 상당히 꼼꼼하게 적어두었다. 그에 더해 내가 어떤 영화를 언제 어디서 보았는지도 기록했고, 경우에 따라서는 짧은 평도 곁들였다. 그렇게 서서히《로로로 영화 백과사전》은 영화와 함께하는 나의 삶을 위한 일종의 안내서가 되었다.

그러나 몇 년 전 나는 그 책들을 앞에서 언급했던 바로 그 물난리 난 지하실에 가져다 놓았다. 그때는 이미 인터넷이 있었고, 인터넷은 모든 것을 훨씬 더 많이 알고 있었기 때문이다. 그건 영화에 대해서도 마찬가지였다. 결국 나는 무거운 마음과 양심의 가책이 동반된 불행을 느끼며 나의 영화 안내서, 그리고 그 책과 결부된 내 인생사의 한 조각과 이별했다. 아주 오래전 그 많던 농부들이 자신들의 말과 헤어졌던 것처럼.

서평용 견본

출판사는 신간 서적에 특별히 많은 기대를 하면 추가로 견본을 인쇄한다. 가능하면 좀 더 소박하게 제본해서 책이 출시되기 몇 주 전에 평론가와 대중 매체에 무료로 배포한다. 이런 책은 서평용 견본*이라고 불리는데 꽤나 익살스러운 명칭이다. 마치 다른 도서들, 즉 '정식' 판본은 독서용이 아니라는 듯이 말이다.

어쨌든 서평용 견본은 사실상 초판임에도 '진짜' 초판의 신비스러운 분위기를 풍기지 않는다. 혹시 서평을 써야 하는 기간이 표지의 눈에 확 띄는 위치에 흉측하게 인쇄되어 있기 때문일까? 아니면 서평용 견본이 사실상 광고 수단이기 때문일까? 마치 소득 공제 같은 것처럼? 알 수 없는 일

---

* 영어권에서 서평용 견본은 advance reading copy, advance copy, advance review copy 등으로 다양하게 불린다. 원문에 쓰인 독일어 단어는 'Leseexemplar'이다.

이다.

그러나 나는 그런 견본이 발휘하는 기묘한 매력을 잘 알고 있으며, 다른 사람은 몰라도 최소한 나는 그런 매력을 느낀다. 책이 출간되기 '전까지' 적어도 몇 주 동안은 서평용 견본이 그 책이다. 기이한 가정법. 반半공식적 최종 리허설. 출생하기도 전에 미래의 삶을 준비하기 위해 외출 허가를 받은 태아. 이건 다만 내 생각에 지나지 않는 걸까, 아니면 내가 책을 만드는 사람들의 응축된 희망을 느끼는 걸까? 그 희망이 기만당하거나 버림받아 서평용 견본이 자기 스스로의 무덤이 될 때 쌓이는 슬픔을 느끼듯이 말이다.

초판본

초판본의 근본적인 기능은 술수를 부리는 것이다. 초판본은 책 애호가들로 하여금 자신이 나중에 나온 판본들보다 더 가치 있다고 믿게 만드는 술수를 부린다. 그런데 이런 술수가 실제로 통한다! 고서점 업계는 상당 부분 이런 술수에 기대어 유지된다.

그런데 '어떻게' 이런 술수가 통할까? 그것은 작가가 서명한 책이 부리는 술수와 유사한 원칙에 토대를 두고 있는 것으로 추정된다. 초판본은 자신이 다른 판본들보다 원본 텍스트에 더 가깝다고 은연중에 효과적으로 암시한다. 독자는 그 암시를 기꺼이 믿으며 원본, 신비스런 분위기, 정신과 대상의 일치를 갈망한다.

이 모든 것은 사실 어리석은 짓이다. 오래된 초판본일수록 더 자주 원고와 일치하지 않고 오류도 더 많다. 순전히 편집자가 구성한 초판본들도 일부 있다. 야심을 품거나 불안에 빠진 편집자가 과감하게 개입해 텍스트들을 짜 맞추거나 편집했을 가능성도 있다. 그러면 몇 년, 몇십 년, 몇백 년이 지난 후에야 비로소 누군가가 텍스트를 새롭게, 가능한 한 원전에 가깝게 출판하는 수고를 한다.

나는 그런 '정정된' 책을 몇 권 소장하고 있는데 대부분 현대적인 전집이다. 더욱이 그중에는 작가가 삭제하고 삽입하고 고친 것까지 전부 포함해 육필 원고를 그대로 옮겨놓은 것도 일부 있다. 그러면 독자는 작가가 그 언젠가 원고를 써 내려가면서 느꼈던 감각을 그대로 느끼면서 인쇄된 페이지들을 탐독한다. 이것이 매혹적이라는 사실을 인정하지 않을 수 없다.

그러나 나는 (그리고 다른 많은 사람들도) 개인적으로 조금은 다른 이유에서 초판본을 좀 더 좋아한다. 한편으로는 당연하게도 책 수집가의 자부심 때문이고, 다른 한편으로는 초판본에 인쇄된 페이지들을 응시할 때 우리는 작가가 인쇄소에서 갓 나온 책의 한 페이지 한 페이지를 응시했던 것과 같은 것을 보는 것이기 때문이다. 그것은 단순한 감동 이상의 것이다.

낭독회용 견본

나는 동료들이 책을 낭독하는 모습을 즐겨 지켜본다. 가능하면 어깨너머로 바라본다. 그들이 낭독하는 구절뿐만 아니라 책 자체에도 관심이 있기 때문이다.

내 경험에 의하면, 대체로 동료들은 낭독회에 언제나 같은 책을 가지고 다닌다. 책 속에는 쪽지가 끼워져 있고, 어떤 페이지에는 라벨로 표시가 되어 있고, 어떤 단락에는 밑줄이 쳐져 있거나 줄로 지워져 있다. 화살표는 낭독이 어디서 시작하고 어디서 계속되고 어디서 끝나는지 표시한다. 책장 가장자리에 정정한 내용도 쓰여 있다. 그것은 어이없게도 교정 과정에서 미처 못 보고 지나친 타이핑 실수이거나 크게 소리 내어 읽으면서 비로소 깨달은 오류를 수정한 것들이다. 부분적으로 색이 바랜 책 옆구리를 보면 대부분 (혹은 항상) 어떤 대목을 읽는지 알 수 있다. 보호 커버는 이미 상당히 낡아 있다. 책은 많은 시간을 트렁크나 가방 속에서 보냈으며 몇 시간씩 축축한 손에 들려 있었다.

나는 이따금씩 이처럼 오랜 낭독회를 거치면서 저자의 손때가 묻은 책을 수집하는 것이야말로 장서가로서 최고의 행운일 것이라고 생각한다. 물론 그런 책을 살아 있는 동안에 내놓는 작가는 거의 없을 것이다. 어쨌든 '나는' 내놓지 않을 것이다. 솔직히 감상적인 이유도 있지만, 내가 내 텍스트와 맺은 관계의 역사가 낭독회용 견본에 일부 반영되어 있기 때문이기도 하다.

나는 책들을 쓰기 시작한 초창기에 낭독회용 견본이 그야말로 추억의 문집이라는 상상을 했고 책 또한 그에 걸맞게 꾸몄다. 낭독회 초대장들을 책 속에 끼워두고, 사진을 붙이고, 동료 작가들이 많이 모인 곳에서는 책에 한마디씩 써달라고 부탁했다. 하지만 텍스트는 손대지 않고 그대로 두었다. 조금 수정하면 여러모로 수월했을 텐데도 그랬다. 오자조차 수정하지 않았으며, 그 대가로 낭독회에서 번번이 그 때문에 당황하는 걸 감수했다. 어쨌거나 내가 이처럼 큰 작품을 완성했다는 사실만으로도 너무 행복했기에 텍스트에 손대는 걸 죄악으로 여겼던 것 같다.

시간이 지남에 따라 나의 낭독회용 견본들은 근본적으로

좀 더 평범해져갔다. 개인적이거나 정황적인 요소들을 서서히 줄여가는 대신 낭독하면서 생각나는 것을 메모하고 수정했다. 예를 들어 소리 내어 읽을 때 걸림돌이 되는 것들, 가령 ch와 sch 발음이 너무 자주 이어지지 않도록 삭제했다. 나의 라인란트식 억양 때문에 가끔 곤혹스러운 발음 실수를 할 위험이 있었기 때문이다. 무엇보다도 줄, 숫자, 화살표를 이용해 동료들에게서 이미 자주 보았던 독서총보總譜를 작성했다. 이와 같은 작업을 해두는 까닭은 무엇보다 낭독회에서 내용 중 일부를 뛰어넘는 경우 가능한 한 신경에 거슬리지 않게 하기 위함이었다.

몇 년 전부터는 내가 직접 책에 뭔가를 쓰는 일이 별로 없다. 그 대신 거의 모든 것을 컴퓨터 파일에 메모한다. 이 파일은 낭독회에서 원하는 단락을 찾는 데 얼마나 많은 시간이 걸리고, 또 그 단락이 어떤 청중에게 특히 적합한지 등등을 다양하게 기록한 안내문이다. 나는 낭독회가 있을 때마다 그 파일들의 내용을 보충하고 새로 출력한다. 출력한 종이는 책 속에 끼워놓았다가 낭독회에서 가능한 한 눈에 띄지 않게 책 옆에 놓아둔다.

유감스럽게도 이것은 만일의 경우를 위한 방편에 지나

지 않는다. 언젠가 나는 낭독회용 견본을 두고 왔다가 다시는 돌려받지 못했다. 그 직후에는 또 다른 낭독회용 견본을 감쪽같이 도난당했다. 씁쓸한 기억이다. 지금은 중요한 것은 전부 저장해둔다. 물론 그 대가로 나의 낭독회용 견본은 일회적이고 지루하며 신비로운 분위기도 사라져버리고 말았다.

그럼에도 불구하고 나는 낭독회용 견본을 내놓지 않을 것이다.

책공예

낭독회가 시작하길 기다리는 동안, 나는 문이 열려 있는 강당 안을 어슬렁어슬렁 걸어 다니곤 한다. 김나지움(고등학교) 상급반 학생들의 작품이 전시되어 있다. 전부 책공예 작품들이다. 나는 이런 명칭이 실제로 존재하는지 모른다. 하지만 독자 여러분은 이 명칭이 무슨 뜻인지 알 것이다. 온갖 방식으로 색을 칠하고 뭔가를 붙이고 조각내고 이리저리 배열하고 닳아 해지게 만들고 장식한 책 말이다.

누군가가 여러 권의 책으로 얼기설기 사람의 형상을 만들고 펼친 책으로 머리카락을 연출했다. 주세페 아르침볼도*의 〈사서 The Librarian〉를 알고 있었거나 또는 미술 교사를 통해 알게 된 듯싶었다. 그 옆에는 책에 못을 박고 쇠

---

* 주세페 아르침볼도 Giuseppe Arcimboldo(1527~1593). 이탈리아의 화가로 25년간 합스부르크 왕가의 궁정 화가로 활동했다. 과일, 꽃, 동물, 사물 등을 이용해 사람의 얼굴을 표현하는 독특한 기법의 화풍이 특징이다.

주세페 아르침볼도, 〈사서〉, 1566경.
스웨덴 스코클로스테르 성 소장.

사슬로 묶고 부분적으로 콘크리트를 바른 작품이 있다. 표현의 자유를 억압하는 것에 대한 비판을 형상화한 것처럼 보였다. 그리고 일본의 종이 접기 예술의 일종인 오리가미에 속하는 작품들도 몇 점까지.

이를 비꼬아서는 안 된다는 것을 나는 안다. 첫째, 학생들에게는 거의 모든 것을 할 수 있는 가능성이 열려 있어

야 한다. 아직 배우는 중이지 않은가. 게다가 책을 예술적
으로 대하는 전통이 있다. 가령 네덜란드의 한 박물관에서
는 종이 비엔날레를 개최해 인상적인 작품(2층 창문에서 쏟
아지는, 얼어붙은 책 폭포)을 선보이기도 했다. '낡은 책을 이
용한 창의적인 작품'을 다루는 몇몇 인터넷 사이트도 있
다. 영어에서 '북아트'는 그와 비슷한 의미의 독일어 책공
예와 달리 확고한 개념으로 자리 잡은 듯 보인다.

솔직히 말해서 나는 책공예 작품을 별로 좋아하지 않는
다. 물론 그중에는 무엇보다도 솜씨 있게 잘 만든 독창적인
사례들도 있다. 나는 그 모든 것들이 책, 언어, 환상, 텍스
트 세계에 대한 존중의 표현이라는 것도 이해한다. 그런데
도 내 안의 뭔가가 여전히 이의를 제기한다. 책이 공예 작
품이 되기 위해서는 '책으로서의' 기능을 상실해야 하고, 또
전부는 아니라 할지라도 일부 파괴되어야 하기 때문이다.
비록 결정적인 증거는 찾지 못했지만, 나는 어딘가에서 독
특한 책이 못질되고 접착되어 예술 작품으로 나타나리라
확신한다.

라이카Laika라는 이름의 개를 탐사선에 실어 지구 궤도
로 쏘아 올린 소련의 유명한 우주 프로젝트가 있었다. 라

이카는 열기와 스트레스로 목숨을 잃었다. 여러 해가 지난 후, 그 프로젝트에 참여했던 과학자 한 명은 그때의 일을 후회한다면서 이렇게 말했다. "우리는 개의 죽음을 정당화할 수 있을 만큼 그 일로부터 충분히 배우지 못했습니다." 내가 책공예에 대해서 느끼는 것도 그와 같다.

모여 있는 책들

공공 도서관

간단명료하게 말하자면, 수도원이나 대학에 부속되어 있지 않은 경우 도서관은 오랫동안 제후들의 노획물 창고 중 일부에 속해 있었다. 지성의 보물들은 금은보화와 함께 있었다. 책은 종종 단 한 사람 혹은 두세 사람의 소유물이었고, 그들은 책을 사용하기보다는 수호하는 데 더욱 관심을 쏟았다. 그 시대가 계속됐다면 교회, 성, 회화, 조각, 음악, 문학과 같은 수많은 아름다운 것들이 더 생겨났을지도 모른다. 그럼에도 그런 시대가 종말을 고했다는 것은 기쁜 일이다.

제후들의 통치가 막을 내림과 동시에 개인적으로 소장했던 많은 책들이 공공 도서관으로 이관되었다. 그것은 계몽주의의 위대한 업적이었으며 삶의 민주화를 향한 중요한 걸음이었다. 오로지 지식이 있어야만 대화에 참여하고 이의를 제기해 뜻을 이룰 수 있다. 아는 것이 힘이다.

뮌헨글라트바흐 시립 도서관에서 도서 대출 카드를 발급받았던 아홉 살의 나는 이 모든 것에 대해 알지 못했다. 관심도 별로 없었을 것이다. 오늘날까지 남아 있는 시립 도서관 건물은 상점들이 모여 있는 중심가에서 불과 200미터 정도 떨어진 작은 공원 근처에 자리 잡은 채 19세기에 지어진 주택들에 둘러싸여 있었다. 나중에 도서관 홈페이지에서 찾아본 바에 따르면, 그 당시에 도서관은 지은 지 3년도 안 된 새 건물이었다. 물론 그때 나는 이런 사실을 몰랐고, 알았더라도 별로 신경 쓰지 않았을 것이다.

1966년에서 1967년 사이 겨울에는 내가 도서관 건물 자체를 아예 인지하지 못했을 가능성도 크다. 아홉 살짜리 소년에게 그것은 다만 책들을 덮은 지붕에 지나지 않았다. 실내에 들어섰을 때도 모든 것이 당연하게 느껴졌다. 출입구를 지나면 바로 가방을 보관할 수 있는 길쭉한 수납장이 있었다. 거기서 몇 걸음만 걸으면 어린이와 청소년을 위한 밝은 공간이 나왔다. 커다란 창문을 통해 녹음이 우거진 조용한 안마당이 보였고, 안마당에서 쏟아져 들어오는 햇빛이 서가에 꽂힌 책들을 비추었다. 출입구 가까이에 있는 창구에서는 대출 사항이 기록되었다. 그 밖의 나머지는 내 관심의 대상이 아니었다. 아니! 한 가지가 더 있다. 내 생년월일이 도서 대출 카드에 적혀 있고 대출 창구의 여직원이 엄격했는데도 나는 '12~14세' 서가에 있는 책을 빌리려면 어떻게 해야 하는지 기꺼이 알고 싶었다. 하지만 나는 끝내 그 방법을 알아내지 못했고, 열두 살이 될 때까지 묵묵히 기다렸다. 그때까지 시간을 단축시키기 위해서 나는 '9~11세' 서가에 꽂힌 책을 거의 다 읽었다.

뮌헨글라트바흐 시립 도서관의 어린이·청소년 서가는 내가 알게 된 최초의 도서관이었다. 내가 첫영성체 기념 선물을 한 아름 받을 때까지 우리 집에는 책이 단 한 권도 없었다. 친척이나 지인들 중에도 서가나 책장을 소유한 사람은 아무도 없었다. 그렇다면 도대체 무엇이 나로 하여금 그 도서관을 나에게 완전히 '적절한' 장소, 더 정확히 말해서 '나의' 장소로서 즉각 인식하게 만들었을까?

첫째로, 당연하게도 (다른 누군가가 빌려가지 않았다는 가정하에) 나를 위해 대출될 준비가 되어 있는 책들이 엄청나게 많았다. 게다가 나는 도서관의 분위기를 좋아했다. 모든 게 학교 운동장과는 정반대였다. 뛰거나 법석을 피우는 사람이 아무도 없었고, 내가 얼마나 열등한지 깨우쳐주겠다며 나를 거칠게 밀치거나 허튼소리를 내뱉는 사람도 없었다. 비록 '12~14세' 서가가 내게 오랫동안 금지되어 있었을지라도 나는 도서관의 질서와 도서관 직원들의 근엄함을 높이 평가했다. 심지어는 줄을 서서 오래 기다려야 하는 지루한 대출 과정도 좋아했다. 그리고 마침내 내 삶을 책 읽는 기쁨의 시간으로 배분해준 대출 기간.

그런데도 나는 뮌헨글라트바흐 시립 도서관 서가에서 결국 혁명적인 조치를 취했다. 그때 나는 열여섯 살이 되어야만 비로소 성인 열람실로 옮겨갈 수 있다는 사실을 알고 있었다. 하지만 그때까지 기다릴 수 없었다. 열서너 살 무렵, 나는 도서 대출 카드를 발급받으시라고 아버지를 설득했다. 나는 그 카드를 들고 어린이 열람실보다 몇 배는 더 넓은 성인 열람실에 발을 들여놓았다. 나는 책 뒤표지에 쓰여 있는 간단한 소개 글에 의지해 읽을 만한 책을 찾아내고는 가능한 한 어른 필체를 흉내 내어 책 제목을 카드에 썼다. 그렇게 해서 책을 빌렸다. 아버지에게 위임받은 아버지의 대출 카드로 말이다. 나는 혹시라도 이번에는 속임수가 들통나지 않을까 전전긍긍하는 사기꾼처럼 번번이 떨었다. 하지만 아무도 사실 확인을 하려 들지 않았고 심지어는 책을 대출 카드와 비교하려고 한 사람도 없었다. 결국 나는 열여섯 살 생일이 되기도 전에 상당히 많은 양의 성인 문학 작품을 읽을 수 있었다. 이를 가능하게 해준 뮌헨글라트바흐 시립 도서관 직원들의 무관심과 지혜에 고마움을 느낀다.

얼마 전 나는 내 생애 최초의 도서관이 "2차 세계 대전 이후 서독에서 사회 변화를 위해 노력한 건축학적 증거"로서 보호 문화재로 지정되었다는 사실을 알게 되었다. "개방성, 명료성, 투명성을 목표로 하는 구조가 민주적인 열린사회의 가치를 표현"한다는 점이 문화재로 지정된 이유였다.

나는 진심으로 이 모든 내용에 동의한다.

개인 도서관

1965년 부활절 다음 첫 일요일, 아직 뫼헨글라트바흐 시립 도서관 이용자로서의 경력을 시작하기 1년 반 전일 때 나는 갑작스레 나만의 개인 도서관을 소유하게 되었다. 그 개인 도서관은 내가 첫영성체 선물로 받은 책들로 이루어져 있었지만 나보다 열 살 위인 사촌 형의 책도 있었다. 전부 합해 약 서른 권 정도였는데, 그중에는 카를 마이* 풍의 《가죽스타킹 이야기》, 어린이를 위한 고대 그리스 영웅과 독일 영웅 전설, 부실한 제본 때문에 얼마 안 가 책장이 낱낱이 떨어져나간 빌헬름 부쉬**의 꽤 두툼한 선집, 그림으로 보는

---

* 카를 마이 Karl May(1842~1912). 독일의 소설가. 주로 북미 인디언의 세계와 서아시아 지역을 무대로 한 모험 소설을 발표했다.

** 빌헬름 부쉬 Wilhelm Busch(1832~1908). 독일의 화가, 만화가, 시인. 특유의 풍자와 익살로 당대의 권력자들과 편협한 종교를 비판하는 작품들을 다수 발표했다. 대표작으로 《막스와 모리츠》가 있다.

어린이용 백과사전, 그리고 뭔가 고루해 보이는 1950년대의 어린이 책 몇 권도 있었다. 사촌 형은 그 책을 매우 소중하게 다루었다.

그 일요일 이후 내 개인 도서관의 장서는 유감스럽게도 매우 느린 속도로 늘어났다. 아니, 전혀 늘어나지 않은 거나 다름없었다. 우리 가족에게는 책을 사는 전통이 전혀 없었다. 그런데 내가 우리 집안에서 처음으로 야심 많은 독서가의 면모를 드러내자 부모님은 당황하셨다. 북 클럽에 가입한 것도 별로 도움이 되지 않았다. 하지만 이것은 별개의 이야기다. 다행히도 공공 도서관이 있었고, 책을 빌리는 것이 구입하는 것보다 값싼 대안임은 명백한 사실이었다.

새로운 책들은 중학교 때 독일어 수업을 듣기 시작하면서 비로소 내 도서관에 들어오기 시작했다. 물론 그중 상당수는 필독서였지만 (드디어!) 공공 도서관에서도 학교에서도 추천하지 않은 책들이 들어차기 시작했다. 순전히 어디선가 우연히 보고 듣게 된 책들. 나는 그런 책들을 힌덴부르크 거리의 블로체Boltze 서점에서 구입했다. 대개는 빠듯한 용돈을 쪼개었다. 그 가운데는 잭 케루악의 《길 위에서》와 윌리엄 버로스의 《네이키드 런치》, 앞에서 언급한 옛 범선에 대한 책, 에프라임 키숀*의 풍자 소설들이 있었다.

1976년 가을, 나는 대학에 입학하게 되면서 나만의 도서관을 갖게 된 지 11년 만에 처음으로 나만의 방을 갖게 되었다. 내 장서들 중에서 부끄럽지 않을 만한 책들을 가져가 집에서와 마찬가지로 책상 위에 위태롭게 붙어 있는 1960년대의 흔들거리는 선반에 꽂았다. 초라하고 고루해 보였지만, 그렇게 해서 나 자신을 격려하고 싶었다. 사실 나는 그 방에 들어갈 때 나만의 도서관을 꾸밀 계획을 품고 있었다. 처음부터 한쪽 벽면은 이케아 빌리 책장의 조상격인 저렴한 수제 책장 세 개가 들어갈 자리로 예약되어 있었다. 나는 대학 입학 첫날부터 주머니 사정이 허락하는 한, 때로는 그 이상으로 책을 사기 시작했다.

그 후로 '버젓한' 도서관을 갖겠다는 계획을 한시도 잊어본 적이 없다. 처음 몇 해 동안 내 노력은 도서관의 규모를

---

* 에프라임 키숀Ephraim Kishon(1924~2005). 이스라엘의 작가, 각본가, 영화감독. 헝가리에서 태어나 2차 세계 대전 후 이스라엘로 망명했다. 일상의 소시민적 행태, 관료주의에 대한 조롱, 정치에 대한 크고 작은 풍자극으로 유명하다. 대표작으로 《개를 위한 스테이크》, 《세상에서 가장 완벽한 남편》 등이 있다.

확장시키는 것과 위대한 작가들의 책을 수집하는 것에 집중되었다. 결국 시간이 흐르면서 나는 빠르게 그리고 속수무책으로 장서가, 아니 장서광의 면모를 갖추게 되었다. 몇 해 동안은 주로 헌책방과 벼룩시장에서만 책을 구입했다. 그곳에서는 소소한 가격으로 많은 것을 살 수 있는 데다가 특별한 책을 발견할 수도 있었다.

이제 책들은 내 주변을 둘러싼 곳곳에서 늘어나기 시작했다. 의사가 이를 봤다면 "의심스러운 덩어리들"이라고 불렀을지 모른다. 처음에는 직접 만든 책장들을 추가했고, 더 많은 책들이 흘러넘쳤으며, 다른 가구들이 책에게 자리를 내줬다. 옷장이 복도로 추방되었고 책장들이 그 뒤를 쫓아나가 옷장을 에워쌌다. 나는 아내와 결혼해서 신혼집을 차리기 전에 먼저 장서를 서재에만 보관하겠다고 약속해야 했다. 그러다 보니 머지않아 책장에 책을 두 줄로 꽂아야 했다. 그 광경을 보면 끔찍하게 분노가 치밀었다. 이제는 벼룩시장에서 가구도 찾아다녔다. 무엇보다도 내 책을 복도와 거실로 몰래 반입할 수 있는, 말하자면 트로이 목마 같은 작은 장롱을 찾아다녔다. 성공할 때도 있었고 실패할 때도 있었다.

우리는 두 번 더 이사했고 그때마다 책들도 따라왔다. 한 번은 다락방의 경사진 어스름한 구석에서 뜻밖에도 상당히 널찍한 공간을 발견했다. 책 말고는 다른 어떤 물건에도 적합하지 않아 보였다. 하지만 그 공간에 책을 보관하려면 책들을 여러 분야로 나누고 3단으로 나누어야 했다. 2000년에 서재로 쓰려고 아파트를 빌렸을 때 나는 그곳으로 책을 전부 다 가져갔다. 그 집에서는 복도와 천장 밑에 있는 다락 등을 포함해 여섯 곳의 공간을 확보했다. 그 후로 14년간 나는 늘 꿈꿔온 대로 오로지 책만 있는 방을 소유했다. 나의 완벽한 도서관! 처음에는 책장들이 절대 비좁아지지 않을 것 같았다. 하지만 당연하게도 얼마 지나지 않아 그 책장들 역시 더 크게 넓혀야 했다.

그런 상태로 언제까지나 유지되었더라면 좋았을 것이다. 그러나 인생에서 뭔가가 확실하다 싶으면 이내 변하기 마련이다. 또 한 차례의 이사가 아파트 도서관을 해체시키고 새로운 서재를 내게 선물했다. 아주 멋지고 널찍했으며 천장이 높고 밝은 방이었지만, 지붕 바로 아래 위치해 있어서 실질적으로 쓸 만한 벽이 없었다. 다르게 말하자면, 책 주인에게는 끔찍한 장소였다.

그 순간 단호하게, 극히 단호하게 결정을 내렸더라면 좋았을 것이다. 내 생애 처음으로 책을 샀을 무렵 공상 과학 영화에 나오는 컴퓨터는 장롱이나 방 하나 크기였다. 그러나 이제는 디지털 기술에 힘입어 책 한 권보다도 적은 자리를 차지하는 기기 하나에 1만 권 이상의 책을 저장할 수 있게 되었다. 한동안은 21세기에 동조해서 내 '모든' 책에 이별을 고하고 새로운 디지털 도서관을 꾸미고 싶은 유혹을 느끼기도 했다. 나는 그 순간을 무사히 넘겼고, 목공 전문가의 도움으로 2제곱미터쯤 되는 자리에 책을 위한 탑을 만들었다. 탑을 가로질러 걸을 수도 있었고 위로 올라갈 수도 있었으며, 그 안에는 총 길이 80미터가 넘는 책장이 들어갔다. 이는 빌리 책장 약 열여섯 개가 들어간다는 말과 같았다.

도대체 내가 왜 이런 이야기를 늘어놓는 걸까? 다른 게 아니라, 개인 도서관의 의미와 무의미를 숙고하는 것과 관련해 내가 (조금 고통스러운 방식이긴 했지만) 일종의 전문 지식을 획득했다는 사실을 증명하기 위해서다. 오랜 세월 동안 책 상자를 꾸리기도 하고 풀어헤치기도 하면서 나는 나 자신에게 이런 질문을 던졌다.

이토록 많은 책들에 둘러싸여 있고 싶은 욕망의 배후에

는 실제로 무엇이 존재할까?

이 모든 사색과 반성의 결과가 무엇이었을까?

이제 그 대답을 말하려 한다.

첫째, 비축

근본적으로 책을 수집하는 행위에는 다른 모든 수집의 출발점에 있는 것과 동일한 충동이 깔려 있을 것이다. 즉 곤궁한 시기에 무사히 살아남기 위한 비축물을 저장하는 것이다. 그 사실은 오늘날 대체로 잊힌 듯하지만 (어쨌든 지구상의 일부 지역에서) 인간은 무엇보다도 사냥꾼이었고 채집꾼이었다. 비록 그들이 사냥하고 모으는 것이 토끼나 과일이 아니라 유행이나 수집품일지라도 여전히 많은 사람들이 그렇게 살아가고 있다.

그렇다면 옛날에 사람들이 음식과 땔감을 모았듯이 오늘날 책을 수집하는 사람들은 읽을거리를 모으는 걸까? 옛날 사람들은 수확물이 없을 때, 또는 너무 춥거나 위험해서 숲에 갈 수 없을 때를 대비해 비축할 필요가 있었다. 그렇다면 책 수집은 전적으로 정신적인 비축 활동일까?

어느 순간에는 분명 그랬다. 어쨌든 내가 개인 도서관을 구축하기 시작했던 무렵까지만 해도 그런 의도가 통용되었을 것이다. 당시 대부분의 사람들은 텍스트를 저장하는 미래 기술의 비전이 자신들이 타락시킬 거라고는 꿈도 꾸지 못했다. 그때 존재하던 컴퓨터는 너무 비싸서 만져볼 수조차 없거나 야심 많은 수학 교사들의 자기 자랑거리 같은 것이었다. '너드nerd'라는 말은 방 안에 처박혀 있는 사람, 공부벌레, 안경쟁이를 뜻했다.* 종이책을 제외하고 그들이 가진 가장 발전된 저장 장치는 기껏해야 테이프 녹음기 정도였다. 어쨌든 하루의 끝에서 와인이 상온에 이르기를 기다리는 동안, 저녁나절에 읽을 책을 고르며 유유히 책장 앞을 어슬렁거리는 조예 깊은 문학 애호가에게 전자책의 환상을 들먹이며 산통을 깨는 사람은 아무도 없었다.

그때까지만 해도 책을 비축한다는 생각은 뭔가 감동을 선사하는 고색창연함 같은 것이 아니었을까? 어쨌거나 1980년대 도시 생활자들은 소매 서점과 공공 도서관의 촘촘한 그물망 한가운데에서 살았기 때문이다. 내 경우도 마

---

* 과학 기술의 급격한 발전이 이루어지면서 '너드'에는 '컴퓨터만 아는 괴짜'라는 사전적 의미가 추가되었으며, 특히 IT 분야에서는 자기 일에 몰입해 천재성을 발휘하는 사람들을 일컫기도 한다.

찬가지여서 대학 시절에는 매일 중앙 도서관에서 엎어지면 코 닿을 거리에서 지냈고, 일하러 갈 때도 시립 도서관 정문 바로 앞을 지나쳤다.

그런 나날들을 지나 요즘에 와서는 책을 구입하기가 훨씬 더 쉬워졌다. 오늘날 온라인 서점은 시내의 단골 서점만큼 빠르게 책을 공급할 뿐만 아니라 집 앞까지 곧장 배달해준다. 헌책과 고서를 거래하는 편리한 온라인 서점도 있다. 이로써 헌책은 행운의 발굴물이라는 지위를 거의 완전히 상실했다. 혹시라도 다시는 마주치지 못할까 염려되어 헌책을 구입하는 사람은 이제 거의 없다. 대신 인터넷이 전 세계 각지에 흩어져 있는 3,000여 개 고서점의 재고 상태를 단 몇 초 만에 알려준다. 그뿐만 아니라 수많은 공공 도서관의 소장 도서 목록도 온라인으로 살펴볼 수 있다. 저작권이 없는 모든 책을 디지털화해서 인터넷상에 공개하는 프로젝트도 있다(근본적으로 매우 계몽주의적인 프로젝트이지만 가끔은 조금 섬뜩할 때도 있다).

간단히 말해서 인터넷이 연결되어 있고, 은행 계좌에 어느 정도 돈이 있으며, 이메일 주소를 가진 사람은 수년 전부터 가상의 도서관에서 살고 있는 셈이다. 그 도서관의 장서는 어마어마하게 많지만 쉽게 살펴볼 수 있고 별다른 어려움 없이 열람할 수 있다. 이런 엄청난 책의 우주와 비교해볼 때, 집 안 책장에 꽂힌 소소한 종이 더미들은 얼마나 미미한가.

책을 비축한다는 개념이 디지털화된 텍스트들로 이루어진 21세기 개인 도서관을 갖추는 데에도 부합할까? 아니, 나는 이 생각을 진지하게 받아들일 수 없을 것 같다.

둘째, 신분

시민 계급은 제후들에게서 권력뿐 아니라 좋은 관습과 나쁜 관습도 조금씩 찬탈해왔다. 일례로 화려한 살롱이 시민 계급의 크고 작은 거실 수천 개로 계승되었다. 시민 계급의 거실들도 귀족의 살롱을 본떠 '문화'로 소개되었다. 이러한 경제적 성공과 문화적 취향의 동반 진행을 사람들은 '소유와 교양'이라 불렀다. 그러나 유감스럽게도 초점은 인간의 교양보다는 물질적인 것, 즉 문화적 자산에 더 맞춰지곤 했다. 대표적인 예로 19세기 말 고전 작품들의 저작권이 풀렸을 때 출판사들은 초호화 장정과 전집류로 책 시장을 범람시켰다. 그 책들은 마르고 닳도록 읽혀 책 주인에게 도움이 되는 대신, 줄곧 침묵을 지키며 책장에 꽂혀 있었다. 아마 포로 싸인 뻣뻣한 책등을, 그와 마찬가지로 방 안에 뻣뻣하게 앉아 있는 주인에게 내보인 채로 말이다.

 적어도 1968년 이후부터는 교양 있는 시민 계급의 문화 소유 행태를 비판하는 목소리가 상당히 거세졌다. 그러나 벽면과 책장을 가득 메운 책이 후광을 완전히 상실한 것은 아니었다. 오늘날에도 많은 책을 소장한 사람에게 그 모든 책을 읽고 이해했냐고 묻지 않는다. 단지 책이 존재한다는 사실만으로도 서가의 주인이 교양과 예술적 감각을 지녔다는 증거가 되곤 한다. 우리는 개를 기르는 모든 사람이 반드시 보편적인 동물 애호가일 거라고는 생각하지 않는다 (그 반대의 경우도 충분히 많다). 그러나 지적인 무언가에 강한 혐오감을 품은 사람이 수천 권의 책에 둘러싸인 채 산다고 믿기는 어렵다.

책장의 존재 자체에 경의를 표한다는 말은 너무 순진하게 들릴 것이다. 그럼에도 불구하고 이는 긍정적인 무언가를 넌지시 알려준다. 모두가 알다시피 모든 책이 더 나은 사람이 되도록 도와주는 것은 아니지만, 책이 근본적으로 일종의 도덕적인 대상으로서 간주되는 것은 명백하다.

그렇다면 나 자신도 책장을 배경으로 한 내 모습을 이상적인 그림으로 떠올린 부류에 속했을까(그리고 여전히 그런 사람들에 속할까)? 예전에 공장주가 자신의 공장을 배경으로, 선장이 자신의 배를 배경으로 한 초상화를 원했듯이?

허영심이라는 공포가 스멀스멀 피어오른다. 그래도 어쨌든 그것은 널리 퍼져 있는 허영심, 사회적으로 받아들여질 수 있는 허영심이다. 아무리 디지털 시대일지라도 책으로 가득 찬 서가는 인기 있고 사랑받는 표상이기 때문이다. 날마다 수천 명의 과학자, 성직자, 예술가, 정치인들이 책으로 가득 찬 서가를 배경으로 사진가와 카메라맨 앞에서 포즈를 취한다. 10초 남짓한 자신들의 진술 또는 성명이 더욱 진지하게 보이기를 바라면서. 하루가 다르게 변하는 세상은 그런 분명한 신호를 요구한다. 바로 오늘날까지도 책으로 가득 찬 서가가 그 특정한 목적과 요구에 기여하는 듯 보이는 까닭이다.

물론 무엇보다도 그 서가의 주인을 위해서 말이다.

셋째, 수집

누구나 우표나 맥주잔 받침을 수집하듯이 책을 수집할 수 있다. 다시 말해 책을 물건으로서 수집할 수 있다. 그런 경우에 책은 텍스트와 독자의 중개자로서 문제될 것이 전혀 없다. 우표는 종종 우표를 발행한 국가보다 오래 살아남아서 완전히 본래의 기능을 상실하면 비로소 수집 대상이 된다. 맥주잔 받침을 수집하는 사람은 그 위에 물 묻은 잔을 올려놓지 않으려 조심할 것이다.

손상되지 않은 책이 완전히 쓸모없어질 일은 절대 없겠지만, 그럼에도 불구하고 누군가는 그런 책을 여전히 귀하디귀하며 수집할 가치가 있는 대상으로만 엄격히 여길 것이다. 그런 책은 절대 읽히지 않는다. 예를 들어 특정 시대나 문학의 한 분야 또는 출판사의 책을 수집해 책장에 나란히 꽂음으로써 동화나 다다이즘 같은 지적 관념에 물질적 표정을 부여하는 것이다.

나는 카를 크라우스가 1896년에 쓴 논쟁적 저작 《파괴된 문학》*에서 신랄하게 공격한 거의 모든 책을 소장하고 있다. 하지만 그중에 제대로 읽은 책은 한 권도 없다. 그 책들을 읽을 가치가 없다고 카를 크라우스가 이미 엄중하게 내게 알려주었기 때문이다. 단지 나는 카를 크라우스에게 신랄하게 비판받은 작품들을 내 앞에 전시하는 기쁨을 누렸을 뿐이다. 또한 앞에서 이미 말한 바와 같이, 사인된 책은 특별한 아우라에 둘러싸여 있다고 믿었기 때문에 한동안은 사인된 책들을 수집하기도 했다. 그리고 놀랍게도 나는 얼마 전부터 또다시 새로운 열정으로 페터 알텐베르크의 저서를 빠짐없이 수집하려고 노력하는 중이다.

전체적으로 보면 이런 수집품들은 현재 내 개인 도서관의 작은 부분, 어쩌면 좀 별난 부분을 이룰 뿐이다. 내 모든 장서가 그처럼 활기 없이 죽었거나 혹은 깊이 잠든 종이에 지나지 않는다면, 나 자신이 극도로 불편함을 느끼지 않을

---

* 카를 크라우스는 1896년 페터 알텐베르크, 레오폴드 안드리안, 헤르만 바르, 휴고 폰 호프만슈탈, 펠릭스 잘텐 등 세기말 작가들이 빈의 카페 그린슈타이들 Café Griensteidl에 모여 결성한 '융 빈Jung Wien(Young Vienna)' 그룹에 참여했으나 이 통렬한 풍자 작품을 발표한 직후 그룹을 탈퇴했다.

까. 이와 동시에 나는 모든 수집가들, 심지어 책을 읽지 않는 수집가들까지도 잘 이해할 수 있다. 수집이란 함께 짝을 이룬다고 여겨지는 것들을 모음으로써 무언가에 질서를 부여하는 것을 뜻하기 때문이다. 그 과정에서 물건을 훔치거나 살인을 저지르지 않는 한, 수집은 마음이나 돈을 사용해서 하는 최악의 일도 아니다.

넷째, 보관

나는 심사숙고를 거친 이 특별한 결과를 네 가지 항목 중 마지막에 설명하려 한다. 최근에 개인 도서관을 (정말 마지막이길 바라는 마음으로) 이사하면서 내게는 이 책들이 가장 소중하다고 느꼈기 때문이다. 어떤 책을 가져가야 할지, 어떤 책을 남겨두어야 할지 결정해야 하는 시간이 왔을 때, 내가 무엇보다도 책들에 둘러싸여 있고 싶어 한다는 사실을 똑똑히 깨달았다. 나는 보다 단단한 무언가에 얽매여 있었다. 그것은 단순히 책에 담긴 텍스트가 아니라 그보다 더 중요한 무언가, 즉 책을 읽는 행위였다.

실제로 책을 구입하고 수집한 지 몇 년 후 내 도서관은 서서히 읽은 책들을 위한 보관소가 되어갔다. 이것이 나만의 독창적인 일이 아니라는 것을 잘 안다. 많은 개인 도서관이 전적으로 혹은 부분적으로, 다소간 의도적으로 그렇게 생겨났을 것이다. 이런 자명한 일을 오래 숙고하다 보면 혼란만 더 가중된다.

그러나 전혀 혼란스럽지 않을 수도 있다. 오래전에 어느 미국 대학의 젊은 문학 교수에 관한 일화를 들은 적이 있다. 그 교수는 개인 도서관에 대한 질문을 받았을 때, 책 한 권을 치켜들며 대답했다. "이 책이 나의 도서관입니다." 그는 책을 다 읽으면 누군가에게 선물하든지 아니면 버린다고 말했다. 나는 이 일화가 1968년 버클리에서 있었던 일일 거라고 생각했다. 처음 그 이야기를 들었을 때 나는 소름이 돋았다. 그 젊은 교수는 강한 반부르주아적 태도와 동시에 확실한 상식을 보여준다. 우리가 실제로 같은 책을 두 번 읽는 일은 아주 드물기 때문이다! 물론 모든 수준 높은 책은 원래 주의를 집중해서 읽을 것을 요구한다. 그러나 우리는 익숙한 무언가에 몰두하기보다는 설명할 길 없이 가속도가 붙는 우리의 삶을 새로운 무언가에 바치려고 할 때가 많다. 사전류나 안내서들은 계속해서 사용될 것이다. 그러나 대부분의 순수 문학 작품들은 한 번 읽히고 나면 깊은 잠에 빠진다.

그럼에도 불구하고 다 읽힌 책은 곧장 친구에게 가거나 쓰레기통으로 직행하지 않는다. 그보다는 책장으로 이동해서 다른 책들과 더불어 종이로 만든 담쟁이덩굴처럼 서서히 벽을 무성하게 뒤덮는다. 그 광경을 보는 것 또한 즐거움이다. 나는 읽힌 책이 눈으로 볼 수 있고 손으로 붙잡을 수 있는 독서 생활의 기록이기 때문에 그 가치를 부여받는다고 믿는다. 여기서 책이 두 번 읽히는지는 전혀 중요하지 않다.

읽힌 책은 그것을 읽은 독자가 살아온 삶의 일부이다. 심지어는 아주 중요한 장의 특별한 한 단락이 삶의 일부가 될 수도 있다. 독자가 가장 머물러 있고 싶어 했던 부분, 가장 편안함을 느낀 부분이었다면 언제나 그렇다. 모든 텍스트는 언어로 이루어진 세계이다. 이와 동시에 독자에게는 그 세계를 여행한 기록이다. 그러므로 이따금씩 그 여행을 회상하기 위해서라도 읽힌 책은 여행 기록처럼 보관될 필요가 있다. 여행 기록들이 다 그렇듯이 기억을 생생하게 유지하기 위해서는 그것이 보관되어 있다는 사실만으로 충분하다.

이처럼 개인 도서관은 자신만의 독서 생활을 위한 기록 보관소이다. 아니, 어쩌면 그 어느 곳보다도 활기차고 웅장한 묘소일지도.

서점

서점은 도서관과 닮아 있지만 도서관은 아니다. 서점은 책이 독자 또는 다른 책장으로 가는 여행길 도중에 통과하는 중간 기착지이거나 잠깐 머무는 곳이다. 서점에서도 책은 완벽하게 정돈되어 있다. 무엇보다도 빠른 운송을 목적으로 하는 기차역이나 비행장처럼 정돈되어 있다. 어떤 책도 서점에 오래 머무르지 않는다. 아니, 오래 머물러서는 안 된다. 그래서 모든 책은 이동을 위해 진열된다. 서점에 진열된 책들은 시즌, 휴일, 대대적인 광고, 베스트셀러 목록에 따라 번개처럼 빠르게 교체되고 서가를 비우고 또다시 새로 채워진다.

　서점은 텍스트에 관심 있는 사람들을 위한 포럼이고 술집이며 장터이다. 서점에서 어슬렁거리며 정보를 얻을 수도 있고, 최근의 화젯거리와 아주 오래된 지혜, 세간에 떠도는 소문도 접하게 된다. 게다가 상품을 손에 들고 요리조리 저울질할 수도 있다. 책 표지 안쪽 날개의 설명을 자세히 읽어보고 삽화를 음미하고 홍보용 발췌본을 가져갈 수도 있다. 심지어 기억력만 좋다면 공식과 시를 훔쳐갈 수도 있다. 그래도 경찰은 아무런 조치를 취하지 못한다.

예전에는 단순히 '도서관처럼' 보이지 않았던 서점들이 많았다. 하지만 사실상 그 서점들은 서점 주인이 지극히 개인적인 이유로 책을 수집하고 돌보는 '도서관'이었다. 그런 서점에 발을 들여놓는다는 것은 책을 판매하는 사람의 특별한 독서 세계 속으로 뚫고 들어간다는 걸 의미했다. 그곳에서 책을 읽거나 돌보는 신사숙녀들에게 방해가 되지 않을까 염려되는 탓에 때로는 불편한 마음이 들기도 했다. 그런 곳에서 책을 사면, 주도면밀하게 구성된 우주, 시장과 시즌의 규칙이 무제한으로 혹은 전혀 통용되지 않는 듯한 우주에 작은 구멍을 내는 듯한 느낌이 들었다. 그런데도 그 우주를 훼손하겠다고 마음을 굳히면, 원하든 원하지 않든 서점 주인의 설명이 무료로 책과 함께 포장되었다.

이제 그런 서점은 희귀해졌다. 아마도 멸종되어가는 중일 것이다. 애석하게도 말이다. 내가 책을 구입하기 시작하던 무렵부터 이미 그런 서점은 찾아보기 어려웠다. 오늘날에는 그런 종류의 서점이 아예 없는 대도시들도 있다. 1970년 대와 1980년대만 해도 특별한 분야에 관심 있는 이들을 위한 서점들이 새로 문을 열었다. 예를 들어 여성을 위한 서점이나 아동, 동성애자, 비교祕敎 또는 다양한 종교의 신도들을 위한 서점들이었다. 그런 서점들에서조차도 주인들은 단순히 경제적인 의도 때문에 판매대 너머에 서 있는 것이 아니었다. 말하자면 그들은 신념을 좇는 상인들이었다. 그러나 이러한 유형의 사람들도 이미 오래전부터 사라져가고 있다.

나는 젊은 나이에 아주 오래된 유형의 서점 주인을 만나는 행운을 누린 적이 있다. 지금으로부터 20년도 더 된 일이다. 당시 나는 베스트팔렌의 어느 소도시에서 내 첫 번째 산문집을 낭독했다. 낭독이 끝난 후, 나보다 몇 살 아래였던 그 서점 주인이 내 책 서른 권에 사인을 부탁했다. 판매량을 너무 낙관적으로 보는 거 아니냐는 내 질문에, 그는 조금도 비꼬는 기색 없이 아주 진지하게 대답했다. "이곳 사람들이 어떤 책을 사는지는 제가 결정합니다."

방금 나는 인터넷에서 그 서점이 변함없이 건재하다는 사실을 확인했다. 서점 주인의 수염은 길게 자랐지만 그때

처럼 여전히 붉은 빛을 띠고 있었다. 진심으로 그에게 행운
이 있기를 기원한다!

헌책방

헌책방은 시간이 떠난 서점이다. 그곳에는 시즌 상품, 호황을 누리는 베스트셀러가 잠시도 무더기로 쌓여 있는 법이 없다. 헌책방의 책은 모두 (혹은 거의 모두) 이미 한 번 팔린 이력을 가지고 있으며, 심지어는 여러 차례 팔린 책들도 있다. 첫 페이지와 마지막 페이지에 여러 화폐 단위로 가격이 쓰여 있고, 그중에는 어쩌면 더 이상 통용되지 않는 화폐도 있을 것이다. 이제 그 책들을 광고하는 사람은 아무도 없다. 그 책들 대부분은 시장과 유행을 좇는 몸짓의 잔재도 보호 커버와 함께 떨쳐버렸다. 서점처럼 헌책방도 책들이 잠시 머무르는 장소이지만, 헌책방에서 기다리는 것은 그 누구의 신경도 거스르지 않는다. 그렇다. 그곳에서는 기다리는 것이 존재의 더 나은 부분, 어쨌든 더 품위 있는 부분이 된 듯 보인다.

　자신이 무얼 찾는지 아는 사람들, 기꺼이 도움을 받고 싶은 사람들, 놀람을 맛보고 싶은 사람들이 서점에 들어서고 헌책방에도 들어선다. 그러나 헌책방에서만 볼 수 있는 특별한 유형의 구매자가 있다. 광적으로 보물을 찾는 사람. 그는 혹시라도 마주칠지 모를 행운의 긴 목록을 가지고 있으며, 행운을 현실로 만들어줄 가능성을 좇아 종이로 이루어진 지역을 배회한다. 오랫동안 찾았던 책이 그곳의 서가에서 자신을 (오로지 자신만을) 기다리고 있다는 생각, 이 생각은 그를 열광시키고 짜릿하게 한다. 그러나 장서광이 어디서도 결코 들어보지 못한 책을 발견하는 요행은 그런 행운을 능가할 것이다. 그 순간부터 그 책은 그의 장서의 핵심이고 자랑거리가 된다.

서점을 좋아할 수 있고 심지어는 사랑할 수도 있다. 그에 비해 헌책방은 퇴짜를 놓거나 아니면 완전히 마음을 사로잡는다. 1980년대 초반에 나는 빈에서 내 인생의 가장 흥분되는 답사를 기획했다. 아마 빈은 중부 유럽에서 아직 헌책방이 존재하는 최후의 도시일 것이다. 그곳의 헌책방은 독자가 몸값을 치르고 자신을 해방시켜주길 수십 년 동안 기다리는 죽지 않은 책들을 위한 휴식처 혹은 지하 묘지처럼 보이기도 한다.

그곳 빈에서 나는 어느 헌책방 주인을 만났는데, 그 후로 그는 내게 헌책방이라는 장르 전체를 대표한다. 내가 어떤 책에 관심이 있는지 듣고 나서 그는 자신의 젊은 시절인 1930년대에 카를 크라우스의 낭독회에 참석한 적이 있다고 활기에 넘쳐서 열정적으로 이야기했다. 그때 퀴퀴한 서점 안에서 문학의 역사가 나를 향해 불어오는 듯한 느낌이 들었다. 바로 그걸 이용해 헌책방 주인은 값비싼 초판본을 몇 권 사도록 나를 유혹했다. 내가 망설이자, 그는 자신도 그 책들과 헤어지고 싶지 않다고 주장했다. 그 책들에 너무나 많은 추억이 깃들어 있다는 것이었다. 어느 날 오후, 나는 실제로 그 헌책방에서 내 모든 여행 경비를 탕진했다.

그 남자는 헌책방에 딸린 비좁은 골방에서 사는 것 같았다. 반쯤 열린 문을 통해 골방이 들여다보였다. 방 안은 지저분했고, 야전 침대 옆에 책이 높이 쌓여 있었다. 작은 탁자 위에도 커피포트와 커피 잔과 함께 책이 쌓여 있었다. 헌책방 내부도 몸을 움직이기 어려울 정도로 책이 가득 차 있었다. 모든 서가 앞에도 책이 수북이 쌓여 있어서 서가를 살피려면 먼저 그 앞의 책을 옆으로 치워야 했다. 그게 안되면 몸을 옆으로 비틀어서 책 제목을 판독해야 했다. 휘어진 널빤지 위에 책들이 어찌나 촘촘하게 꽂혀 있던지 빼내기 어려울 정도였다. 한 권을 빼내면 다른 책들이 우르르 함께 쏟아질 것만 같았다.

그전까지 나는 늘 먼지에서는 냄새가 나지 않는다고 생각했다. 그런데 먼지에서도 냄새가 난다는 걸 그때 알게 되었다. 먼지는 아주 강렬한 냄새를 풍기고, 그 냄새는 두려움을 일깨운다.

이동 도서관

내가 어린 시절을 보낸 두 작은 마을에서는 아침에 빵 장수가 갓 구운 빵을 가져왔다. 게다가 정기적으로 케이크와 밀 반죽도 가져왔다. 계란과 가금류를 파는 상인도 왔고 맥주와 레모네이드를 파는 상인도 찾아왔다. 여름이면 모두들 애타게 기다리던 아이스크림 장수가 길모퉁이에서 아이스크림을 팔았다. 하마터면 잊을 뻔했는데, 폐지를 가져가는 고물상도 있었다. 대개는 모두들 종 또는 경적을 울려서 자신이 왔음을 알렸다. 오로지 읽을거리를 가져오는 이동 도서관, 책 버스만이 오지 않았다.

그러나 나는 그걸 애석하게 여기지 않았다. 여기저기 옮겨 다니는 책 버스에서 책을 빌렸더라면 왠지 무척 근사했을 것이다. 하지만 그랬더라면 내가 두 작은 마을을 떠나 대도시로 이사를 가게 된 가장 중요한 이유가 없어졌을 것이다.

지금은 책 버스를 보면 우울해진다. 책 버스에서 여전히 국민을 계몽시키려는 선의가 엿보인다. 19세기 유럽에서 최초의 이동 도서관(당시만 해도 말이 끌었다)은 공공 도서관을 방문할 시간과 여력이 없는 사람들에게 읽을거리와 함께 스스로 생각할 수 있는 자료를 가져왔다. 이동 도서관은 지적 자양분 공급이 국가의 사회 보험보다 우위를 점했던 20세기 중반에 전성기를 누렸다.

이 세상 어딘가에서는 이동 도서관이 틀림없이 아직까지도 매우 뜻깊은 일일 것이다. 남아메리카에서는 버새가, 아프리카에서는 낙타가 독자들을 위해 책을 수송한다는 글을 읽은 적이 있다. 그러나 이제 유럽에서 책 버스는 인터넷에 비해 너무 부피가 큰 물체여서 가슴 뭉클할 정도로 고풍적이다. 가령 책 버스는 3,000권의 책을 한 장소에서 다른 장소로 운송하는 데 얼마나 많은 힘과 노력이 필요한지 알려준다. 그러는 동안 디지털화된 텍스트 수백만 권은 적절한 수신 장치가 있는 곳이면 어디든 순식간에 이를 수 있다. 책 버스 정류장에서 책 세 권을 손에 들고서 다른 세 권과 교환하길 기다리는 사람은 살아 있는 화석이다. 눈물이 날 정도로 가슴 뭉클한 광경이다.

책장

진정한, 정말로 진정한 장서광은 결국에는 자신의 책이 어떤 상황에 있는지 개의치 않는다. 이미 오래전부터 자신의 장서를 돌볼 시간이 없었으므로 그럴 수밖에 없다. 장서광은 중독된 자들이다. 모든 중독이 그렇듯이, 책 중독도 끊임없이 복용량을 늘려야 한다. 그러다 보면 언젠가는 책들이 책장 밖으로 넘쳐나고 바닥에 높이 쌓이고 빈 벽을 타고 기어오른다. 마지막에는 책들 자체가 가구가 되고, 심지어 정말 마지막에는 소유주의 유일한 가구가 된다.

그에 비해 증상이 그다지 심하지 않은 장서광의 경우에는 책을 보관하는 장소가 중요한 역할을 한다. 그 때문에 책을 보관하는 데 적절한 가구를 설치하려는 소박한 목적에 비해 많은 비용을 들인다. 로코코와 고전주의 양식의 책장은 종종 성물을 모셔놓은 함처럼 부자연스러워 보이는 반면에, 시민혁명 이후 시대의 책장은 이따금 지적 가치를 지켜내기 위한 요새처럼 보인다.

나아가 현대적인 책장은 전반적으로 울타리처럼 책을 에 워싸서 보관하는 것에 종지부를 찍고 앞이 트인 서가의 형 태로 정착했다. 오늘날에는 이케아 빌리나 빌리와 유사한 형태의 이런저런 책장이 책을 보관하는 일종의 최소 기준 이다. 게다가 이제는 고상하고 사려 깊게 내용물 뒤로 물러 서지 않는 대신 어떤 미학적 염원을 담아낸 가구에 책을 꽂 는 것은 천박한 취향이라고 여겨진다.

이제는 원하기만 하면 누구나 예전에 널리 통용되었던 방식으로 책장과 책을 꾸밀 수 있다. 예를 들어 1897년 글 로브 베르니케* 사가 특허 등록한 조립식 책장의 모조품을 구입할 수도 있다. 이 책장은 분해 가능한 책장이다. 아니, 개개의 부품을 층층이 쌓아 올릴 수 있는 책장이라는 말이 더 맞다. 원한다면 유리문을 부착할 수도 있다. 오래전 식 민지의 백인 관리가 자신의 책장과 함께 고향 문화가 깃든 가구와 식료품을 외국의 이 근무지에서 저 근무지로 수송

---

* 글로브 베르니케 Globe-Wernicke는 1893년에 설립된 미국의 가구 회사 로 모듈형 조립식 책장으로 유명해졌다. 오늘날에도 당시에 제작된 책장들이 경매에 오르곤 한다.

하는 광경을 상상해본다. 물론 오늘날 수시로 이사를 다니는 사람들은 그런 책장을 거의 사지 않는다. 오히려 20세기나 21세기에는 고상하고 지적인 생활 양식을 실현할 수 없다고 믿는 곳에서 그런 책장이 호응을 얻을 것이다.

진보적이거나 다른 대안을 찾는 계층에서도 여전히 책장은, 특히 거실에 놓인 책장은 주인 고유의 정체성을 가구로 표현하는 하나의 방법이다. 소박한 책장으로 실수할 가능성은 별로 없다. 성급한 개성화와 다양화의 소용돌이에 휩쓸리는 일 없이 단순히 책장을 배치함으로써 자신을 주장할 수 있다. 주방에서는 완전 채식주의 음식부터 인스턴트식품, 태국 음식을 거쳐 고급 음식에 이르기까지 각자 자신이 먹을 요리를 하고 식사를 한다. 끈기를 기르거나 높은 기록을 쌓는 스포츠를 하거나 요가를 하거나 또는 아무것도 하지 않는다. 각자 자기만의 특별한 방식으로, 다른 사람들과는 다르게. 담배를 피우거나 술을 마시거나 배로 여행을 하거나 또는 그 어느 것도 하지 않는다. 자동차나 노트북을 살 때마다 늘 물건 살 줄 모른다고 주변 사람들에게 타박을 듣는 사람도 있다. 새로 집 단장을 하면 손님들에게 늘 따가운 눈총을 받는 사람도 있다.

그런 모든 경우에 어쨌든 소박한 책장은 언제든지 권할 만한 생명의 은인이다. 아마 책장은 미적이거나 윤리적이거나 도덕적으로 큰 의심을 불러일으키지 않는 유일한 가구일 것이다. 책장은 특별한 온기를 발산한다. 더욱이 어쩌면 주인의 온기를 발산할지도 모른다. 책장은 살아 있는 사람을 이루는 사적인 것과 공적인 것, 성격과 기능의 병존을 대표한다. 그런 가구가 또 있을까? 그런 가구가 또 있는지 생각나지 않는다.

맺음말

이게 전부다. 물론 책의 특성이나 '행동 패턴'을 전부 묘사하지는 못했다. 그래도 나는 자책하지 않을 것이다. 그보다는 혹시 독자 여러분이 이 글의 모자란 부분을 페이지 여백에 연필로 보충해준다면 기쁠 것이다. 이번만큼은 예외적으로 반대하지 않을 것이다.

이 책이 출간될 때쯤 나는 예순 번째 생일을 코앞에 두고 있을 것이다. 다시 말해, 나는 종이 텍스트 문화와 디지털 텍스트 문화가 혼재한 세상에서 남은 인생을 보낼 것이다. 상당히 긴 글이나 문학 작품을 모니터나 그 밖의 디스플레이로 읽는 것을 단호하게 거부하는 사람들이 아직은 내 주변에 많이 있다. 특히 내 연령층에서는 더더욱 그런 경향이 두드러진다. 반면에 몇 주 전부터 프루스트의 《잃어버린 시간을 찾아서》를 스마트폰으로 읽고 있다고 단언하는 내 동갑내기 지인도 있다. 그는 바로 이 '포맷' 덕분에 처음으로 독서를 하게 되었다고 한다. 이제는 침대나 기차에서뿐만 아니라 평소 어디서든 1분이라도 기다리게 되면 독서를 한다는 것이다.

내가 은근히 믿지 못하겠다는 어조로 이 이야기를 들려주자, 우리 아들들은 오히려 나를 이해하지 못했다. 컴퓨터와 함께 자란 세대, '디지털 원주민'의 일상은 대체로 디지털 메시지를 쓰고 읽는 것으로 이루어진다. 문학을 포함해 극히 다양한 텍스트와 밀접한 관계를 맺고 있다 해도, 그들 중 많은 이들에게 책은 이미 시대에 뒤처지거나 아주 이국적인 매체이다.

나 자신만 봐도 현재 상황이 몹시 분열되어 있다는 사실이 드러난다. 나는 한편으로는 여전히 전자책 리더를 소유하지 않고 있다. 휴가 중에 읽을거리가 부족하거나 마땅치 않으면 지독히 화를 내는데도 말이다. 그러나 아이러니하게도 작가로서 활동을 시작한 후로 내 일터는 개인용 컴퓨터이다. 하루에 한두 시간 책을 읽고, 여섯 시간이나 여덟 시간 혹은 열 시간은 글을 쓰고 수정하고 인터넷으로 자료 조사를 하고 메일을 읽고 쓰거나 다양한 주제에 대한 토론 게시판을 배회한다. 이렇게 보면 나야말로 소위 말하는

'디지털 이주민'의 전형일 가능성이 높다. 나는 성인이 되어서야 비로소 디지털화를 체험했고, 디지털화는 내 삶에 결정적인 영향을 미쳤다. 그런데도 나는 젊은 날에 가졌던 몇 가지 글쓰기 습관이나 독서 습관을 고수한다. 그것들이 나 자신의 삶에서 부수적인 역할만을 할 뿐인데도 그것들을 '더 일상적인 것'으로 여길 각오가 되어 있다.

그래서 일단 모든 걸 멈추고, 내가 여전히 텍스트의 자명한 매체라고 여기는 것, 즉 책을 보다 정확히 살펴보고자 이 책을 썼다. 그러다 보니 몇 가지 내용은 극히 개인적인 방향으로 흘렀다. 그것을 막을 수도 없었고 막고 싶지도 않았다. 책은 여전히 평온을 누릴 것이다. 책장에서 만족스럽고 여유롭게 자리를 지킬 것이다. 그러나 진실로 책은 찾아주고 구입하고 당연히 읽어주는 사람이 있어야만 비로소 살아나는 메시지 전달자이다. 책의 물질적인 가치는 출판사나 경매소에서 결정될 것이다. 그러나 그 실질적인 가치는 인간과 맺는 관계를 통해 획득된다. 그러다 보니 이따금 내 이야기를 하게 되었다. 물론 나는 이 글을 읽는 독자들이 이와 관련된 구절에서 직접 글을 써 넣기를 바란다. 아니 써 넣을 것이라고 확신한다. 즉 책에 대한 자신의 경험을 상기할 것이라고 말이다.

이 책의 초고를 처음 읽은 출판사 대표는 가장 먼저 "우울하다"고 말했다. 나는 이 말이 내 기분에도 해당된다고 생각한다. 앞서 말했듯이, 언젠가 책이 궁극적인 종말을 맞이하게 되더라도 나는 그 종말을 직접 함께 체험하지는 못할 것이다. 그러나 지금 이미 하나의 주요 매체가 차츰 소멸되어가는 과정, 그리고 이와 더불어 내 인생의 전반기에만 해도 다른 대안은 존재하지 않는다고 여겼던 세계의 소멸 과정을 경험하고 있다. 그러니 우울해질 수밖에. 나 자신이 나이가 들어서 삶이 유한한 것임을 체감하면 우울해지듯이 말이다.

그럼에도 나는 이 책이 비관적인 책이 아니기를 바란다. 나는 전자책이 인쇄된 책의 많은 특성들을 대신할 수 없다는 것을 알고 있다. 텍스트가 파일 형태로 떠돌아다닌다면, 가령 작가의 사인회는 어떻게 될 것인가? 또 빌려 보는 책, 초판본, 동네 서점은 어떻게 될 것인가? 그래도 사람들은 소설을 선물할까? 그렇다면 어떤 식으로 선물할까? 나는 전자책이 종이책 문화 대신에 어떤 텍스트 문화를 정착시킬 것인지 아직 모른다. 그렇다고 전자책이 아무런 텍스트 문화도 만들어내지 않을 것이라고 가정해서는 안 될 것이다. 오래전 역사 시간에 선생님은 젊은 세대가 문화를 몰락시킨다는 내용의 책을 우리에게 읽어주었다. 틀림없이 1968년 무렵이었을 것이다. 심지어 그 내용은 당시에 쓰인 책이 아니라 옛 이집트에서 유래한 것이었다. 구세대는 자신들을 일컬어 문화를 지키는 최후의, 그야말로 최후의 수호자라고 곧잘 내세운다. 그다음 세대도 다시 자신들이 최후의 수호자로서 나서고, 그다음 세대, 또 그다음 세대도 마찬가지다.

그러나 이런 사실이 모든 걸 말없이 지켜봐야 한다는 것을 뜻하지는 않는다. 전자책이 문학의 어떤 분야에만 많은 이익이 되고 또 어떤 분야에는 갈수록 더 많은 어려움만을 안겨준다면 뭔가 조치를 취해야 한다. 디지털 문화가 텍스트를 물이나 가스, 전기처럼 소비량에 따라 정확하게 사용료를 지불하는 하나의 상품으로 만든다면 조치를 취해야 한다. 그로 인해 작가와 책 판매의 기반이 뿌리째 뒤흔들린다면, 그야말로 조치를 취해야 한다.

나는 그런 일이 일어나지 않기를 바란다. 책 애호가의 절대 다수는 텍스트 애호가였고 이 사실은 여전히 변함이 없다. 오늘날 우리가 노동하는 동물로서 말을 포기했듯이 언젠가는 인쇄된 책을 실제로 포기할 수밖에 없게 된다 해도, 그것이 결코 우리가 좋은 텍스트 없이 살아갈 수 있다는 것을 뜻하지는 않는다. 그런 상황은 상상할 수조차 없다.

이 책을 쇠플링 출판사 대표인 이다 쇠플링과 클라우스 쇠플링에게 바친다. 25년 전에 두 사람은 나를 자신들의 책 세계로 데려갔으며 그곳에서 늘 성심껏 대해주었다. 또 내 안의 많은 것을 읽어주었고 대부분의 것을 좋게 생각해주었으며 어떤 것은 조심스럽게 수정해주었다. 그에 대해 두 사람에게 무한한 감사의 마음을 표한다.

책에 바침

2020년 2월 10일 초판 1쇄 | 2020년 12월 30일 3쇄 발행

지은이 부르크하르트 슈피넨 **그림** 리네 호벤 **옮긴이** 김인순
펴낸이 김상현, 최세현 **경영고문** 박시형

책임편집 정상태 **디자인** 디자인비따
마케팅 양근모, 권금숙, 양봉호, 임지윤, 조히라, 유미정, 전성택
디지털콘텐츠 김명래 **경영지원** 김현우, 문경국
해외기획 우정민, 배혜림 **국내기획** 박현조
펴낸곳 (주)쌤앤파커스 **출판신고** 2006년 9월 25일 제406-2006-000210호
주소 서울시 마포구 월드컵북로 396 누리꿈스퀘어 비즈니스타워 18층
전화 02-6712-9800 **팩스** 02-6712-9810 **이메일** info@smpk.kr

─────
쌤앤파커스(Sam&Parkers)는 독자 여러분의 책에 관한 아이디어와 원고 투고를 설레는 마음으로 기다리
고 있습니다. 책으로 엮기를 원하는 아이디어가 있으신 분은 이메일 book@smpk.kr로 간단한 개요와
취지, 연락처 등을 보내주세요. 머뭇거리지 말고 문을 두드리세요. 길이 열립니다.